徳間文庫

もっと超越した所へ。

根本宗子

徳間書店

目次

それぞれの序章

櫻井《さくらい》鈴《すず》の序章

わたしは、飛行機に乗るたび、「墜《お》ちるのではないか」と思う。自分が不幸へと落ちていく想像が大変に得意なのだ。

幼い時家族で飛行機に乗ると必ず、離陸と着陸時に母がわたしの手を握り、「離陸と着陸のタイミングが一番事故が多いのよ。おっかない」と言っていた。そのため飛行機に乗るたび、その言葉が思い出されてわたしはもう今日死ぬのかもしれない、と思うようになってしまった。そんなわたしが毎月飛行機に乗るような生活を送るようになるなんて夢にも思っていなかった。毎月見る「非常時のアナウンス動画」の知識がマイルと同じくらい、わたしの中に溜まっていた。あれってなんでみんなもっとちゃんと見ないのだろう。

鹿児島から羽田への飛行機に乗りながら今日もわたしは「墜ちるかもしれない」の気持ちと闘っていた。この日はなんだか機内に入った瞬間から嫌な予感がしていた。

わたしはこのよくないことが起きそうな予感、とも常に闘って生きている。例えば、外食をしたら自分の料理にだけとっても長い髪の毛が入っているような気がするし、紅茶を頼んだとしたら、自分のティーポットにヒビが入っていて、その割れたガラスの破片がポットに落ちていて紅茶と混ざり、カップに注いだ瞬間にさらに細かくなった破片たちが紅茶と共に流れ出てきて、それをわたしは気がつかず飲み、口を怪我して、怪我ならまだいいが、飲み込んで胃に破片が刺さり病院に運ばれる、といったような本当に最悪な想像を瞬時にしてしまうのだ。これと闘う人生は本当に疲れる。

その予感がまたしても機内の中でやってきた。そしてその予感はまあまあの確率で当たる。死ぬほど揺れる飛行機だった。

「気流の関係で、機体が大変揺れておりますが、当機の安全性には問題ございません。座席を離れずシートベルトをお締めください。」

このアナウンスを聞けば聞くほど不安が大きくなっていった。そりゃまあ大丈夫なんだろうけれど、怖い。一刻も早く羽田に着陸して安心したい。

「当機は大変揺れておりますため、お飲み物のサービスを中止させていただきます。皆様にはご迷惑をおかけしておりますこと、お詫び申し上げます。」

飲み物は良い、でもお詫びしないでくれ、怖くなるから。

「客室乗務員も着席させていただきます。」

おいおい大丈夫か。機体が大きくドスンと揺れた。耳に入れていたイヤフォンがスポンと耳から抜け落ちた。29年間、飛行機に乗るたび「墜ちる、今日死ぬ」と思ってきたわたしだが、ついに本当にその瞬間が訪れたのかもしれない。けれど、周りを見ると、皆全然普通に映画を鑑賞したり、ゲームをしたり、寝ていたりしていた。何故同じ人間なのにこうも違うのだ。どうせ生まれるならわたしだってこの状況でも飛行機を信頼しきってぐーすか寝ていられるタイプの人間に生まれたかった。またガタンと機体が揺れた。シートテレビで残りの飛行時間を見てみた。羽田空港まで残り28分。お昼のドラマくらいの時間だ。わたしは両手を強く握り、死んだおじいちゃまに祈った。「死にたくないです」と。隣を見た。マネージャーは呑気にお笑いの動画を見て笑っていた。わたしがここでこんなに怖がって、死を覚悟しているとは知らず、お笑いの動画で笑っている。手を握っていて欲しかったが、昨年事務所に就職してきた入ったばかりの新人の若い男の子にそんなこと言えるわけもなく、「もう今日でわたしの人生は終わるのだ」と思い込んでおくことにした。最悪の中でも一番の最悪を想定しておけば、大概はそれよりは良くなるからだ。非常用の手順もわたしは完璧だ。酸素マスクだって誰よりも上手に着けられる。……待って、でも、わたしの座席の酸素マスクだけ壊れていたらどうしよう。あれだけ手順を覚えていたって、飛行機側のミスがあったら意味がない。手を挙げて「わたしの座席の酸素マスクって大丈夫ですか!?」と確認した方がいいかな。そんなことしたら頭のおかしいやつだと思われてしまう。ネットに書かれたら最悪だ。こういう時、わたしは下手に顔が知られていることが本当に嫌になる。コンビニの会計時に失礼なことされたらわたしだって文句を言いたい。でも言えない。自分の悪夢のような妄想にため息をつきながら再びシートテレビで残りの飛行時間を確認した。残り30分。増えてんじゃん!!　なんでよもう！　飛行機に乗る前に鹿児島空港のラウンジで食べた軽羹《かるかん》饅頭が人生最後に食べたものになるかもしれないなんてなんとも切ない話だ。全然好きでもなんでもないし。

わたしが鹿児島に毎月行っているのは、鹿児島放送の番組のレギュラーの収録があるからだ。毎週放送されている番組だが予算がないため月に一度鹿児島の放送局に行き、4本まとめて収録している。鹿児島のグルメを紹介したり、鹿児島の一押しスポットを紹介したり、鹿児島のコスメを紹介したりする情報番組で、え？　鹿児島のコスメって本当に何。鹿児島の人たちは鹿児島のことに詳しいのだから、これは他県で放送しないと意味がないいんじゃないか？　鹿児島に旅行に来た人に向けての番組なのか？　旅行者ってお昼にテレビ見るか？　すでに観光していないか？　と思いながらもそんなこと言えるわけもなかった。だって、もうかれこれ2年もレギュラーをやらせてもらっているのに、毎月テレビ局に行くたび「鈴さん来てくれて嬉しい～！　本当に女優さんは顔が小さい～!!」とスタッフがちやほやしてくれる。なんかもう悲しくなるくらいみんなが優しい。そして毎回収録後、鹿児島の人気店を予約してくれていて、打ち上げをしてくれる。そんな風にされるとわたしだって思っていることを五倍増しくらいで表現してしまい、「嬉しい～！　美味《おい》しい～！　もう月に一回のこれがあるから生きていけてます～!!」とスタッフを気持ちよくさせてしまう。これは子役をやっていた頃から自分に染みついている嫌いなところだ。たとえ嫌いな相手や嫌な相手がいたとしてもいくらだって相手を気持ちよくさせることができてしまうし、求められていると察すればいくらだってごまをする。昨日の打ち上げでもまたやってしまった。

東京にはいくらだってあるようなステーキ店で「えー！　こんな綺麗な色のお肉見たことない!!」と盛大にかましてしまった。その瞬間、

「お前さ、誰とでも飲みに行ってさ、飲み会で仕事もらってるだけでしょ？」

「ねえ、マジ汚いよね、やり方、俺みたいなやつがうまくいかないのお前みたいなや

つしかこの業界にいないからでしょ」

「だっておかしくね？　お前の方がブスなのに、お前の方が芝居下手なのに、なんで俺より食い扶持《ぶち》あんだよ!!」

という慎太郎《しんたろう》の声が耳中で響き渡った。あの日のことなんてもう一ミリだって思い出したくないのに。だって、他にどうやって生きていったらいいの？　周りにいい顔するのってそんなに悪いことなの？　可愛がられるのってダメなの？　わたしだって、地方のバラエティじゃなくって、お芝居だけしていたいよ。最後に食べた軽羹饅頭の食感が思い出されて泣きそうになった。軽羹饅頭を毎月毎月「美味しい美味しい、幸せ～和菓子で一番美味しい！」と言ってわたしが食べるので、常に楽屋に大量に用意してくれている。昨日は今まで見たことがないような量が楽屋に用意されていた。本当は洋菓子が好きで、わたし、和菓子に興味がない上に軽羹饅頭は甘すぎると思っているのに。なんで思ってもいないことペラペラと言っちゃうんだろう。周りばかり喜ばせてきて、わたしはどこへ向かっているんだろう。

「あ、鈴さん今いいですか？」

お笑いの動画を見終わったのか、マネージャーが声をかけてきた。

「何？」

「鹿児島のレギュラー次で終了ですって」

「え？　何？　そうなの？」

「はい」

「え、ごめん、なんで今言うの？　もっとあれじゃないの？　そういうのってタイミングとかさ、」

「すいません、今かなって思って」

「ああ……え？　番組自体が最終回ってこと？」

「あ、いや、鈴さんだけ卒業です」

「卒業……」

「はい、卒業おめでとうございます」

「え、ごめんだからさ、なんで今言うの……？」

だからあんなにたくさん軽羹饅頭の箱が楽屋にあったのか……。こんな今にも死にそうな揺れ方の飛行機の中で新人のマネージャーからレギュラーの終了を告《っ》げられるなんて、わたしは誰にも大事にされていないのだろうか。次が誰になるのかは聞かなかったが、わたしがいるところなど誰だっていいのだ。子役時代にバカ売れして、旬の過ぎた女優の枠なんて、誰だっていいのだ。飛行機の揺れよりも大きなことが急に起きたことにより、気がついたら羽田空港に無事着陸していた。子役の時はあれだけいた現場スタッフが今はこの新人の男一人しかいない。もちろん送迎だってない。自分でタクシーを拾い、「今月もお疲れ様でした！」と大量の軽羹饅頭の入った大きな袋を渡された。タクシーに揺られながらスマホを開いたら、とみーからＬＩＮＥが入っていた。

「鈴ちゃんお仕事お疲れ様～今日夕飯Ｕｂｅｒしちゃお♡　お寿司とか♡」

とみーが家に居てくれることが、今のわたしにとっては何よりの救いだった。彼がたとえオカマだとしても。明るいオカマが側《そば》にいてくれることが、毎日のお喋りの相手がいることが楽しかった。一緒にいる人の纏《まと》っている空気って大切。とみーの明るさはわたしをいい方へと引っ張ってくれる。羽田から家まではタクシーで一万二千円だった。高速バスに乗ればいいのに、とつくづく思った。家に帰ってとみーにレギュラーが終わった話をしたら、

「お疲れ様、２年間もレギュラーの番組があったなんて鈴ちゃん本当にすごい！　よくがんばったね。これでしばらく嫌いな飛行機に乗らずに済んでよかったじゃない。かすたどん食べながらハーブティー飲も？」

と言ってきた。とみーの言葉はいつだってマイナス思考なわたしの心を包んでくれ

ていた。もらった軽羹と書かれた箱には軽羹饅頭と、「かすたどん」という萩の月の偽物のような黄色い饅頭が入っていた。とみーは軽羹饅頭に興味がないらしく、かすたどんだけを、

「ふわふわ～美味しい。実際問題これ萩の月なんだけどね（笑）。でも、かすたどんって名前がかわいい。え、インスタに載せよ～かすたどんかじってる僕の写真撮ってっ鈴ちゃん」

と、どんどん食べていた。いいな、このくらい自分に正直にわたしも生きたい。わたしも軽羹饅頭よりもかすたどんが好きだ。でも、現場ではより名物である軽羹饅頭が好きだと大きな声で言ってしまう女だ。

「ちょっと～アプリで撮って！　かわいく撮って！」

それ、わたしいっつもマネージャーに思ってる。スマホのカメラじゃなくって、アプリでかわいく撮って欲しい。

「旬が過ぎた女優の画像なんてなんだっていいんですよ。顔じゃないから鈴ちゃんは」

と言われている気がして一人で悲しくなっていた。誰もそんなこと言っていないのに。

顔じゃないなら、もっとわたしはお芝居を評価されたい。

また暗いことを考えてしまいそうだったけれど、かすたどん片手に様々なポーズをしているとみーを見ていたらそんなことはひとまずどうでもよく思えた。

岡崎真知子《おかざきまちこ》の序章

15歳の時、クラスで流行《はや》っていた男性アイドルグループにハマったことが今のわたしの性癖を作り上げた最初の出来事だ。昔から内向的な性格だったわたしは、近所の幼なじみの優《ゆう》ちゃんくらいしかまともな友人がいなくて、でもその交友関係の狭さに不自由したことはなかった。けれど、中学2年の終わりに優ちゃんがお父さんの転勤で遠くへ引っ越してしまい、さすがに学校に友達がいないのは寂しいなと思い、中3のクラス替えをきっかけに少しクラスに馴染《なじ》むようになった。昔から人よりも手先が器用だったわたしは、休み時間によく刺繍《ししゅう》をしており、それを見たクラスのイケてるグループの女の子たち4人から「岡崎さんってそんな器用なの!?　コンサートで振るうちわの装飾やって!」と頼まれ、要望通りのうちわを作ることでそのグループに溶け込むことに成功した。正確には溶け込めていたとは思っていない。そもそもの生きているノリが全く違う4人で、アイドルグループを追いかけているのも「同じものにハマって追いかけている自分たち」を楽しんで、青春を謳歌しているタイプの人たちだったからだ。わたしは違った。

彼女たちに頼まれ、うちわを作るためにその5人組の男性アイドルグループのコンサートのDVDを見た時、わたしの身体中に電撃が走った。それまで彼氏もいたことがなければ、異性に興味を持ったこともない、縫い物と漫画だけが好きだったわたしに初恋の瞬間が訪れたのだ。画面の中にいるグループで一番目立っていない、歌割も一番少ない色白で小柄でいつもはにかんだように笑っている彼を見て、わたしの体は熱くなった。異性とのセックスも未経験なのに、どうにも興奮が抑えられず、一人で気持ちよくなってしまったのもこの日が最初だ。好みの漫画の傾向から自分は少しショタコンの気《け》があるかもしれないと自覚はしていたものの、その性癖は自分の中でもはっきりしていなかった。というか漫画では性的な興奮を得たことはなかった。でも、画面の中の彼と出会った瞬間、わたしは完璧なショタコンではなく、「実年齢よりも遥かに若く見える、あざとく計算されたかわいさの男の子好き」なのだ、とはっきりわかった。なんだそのピンポイントな癖《へき》はと自分でも思った。でもその興奮は抑えられなかった。タイプの異性を見るとこんなにも興奮して恥ずかしい感情になるのか。しかも、一方的に彼を見ている、という状況も尚のことわたしにはよかった。実際に彼氏のような存在が欲しいとこの時はまだ思っていなかったし、一方的に彼には気がつかれず見つめ続けることがたまらなかった。

クラスの階級の一番上にいるイケてる4人組からコンサート用のうちわを頼まれ、それを要望以上のクオリティで提出したことでわたしはその4人から一目置かれるようになった。ダサい子の能力にイケてる子が気がつき、「こいつすげえ！」とクラスに広めるなんてどこの漫画の話だよって感じだが、自分が当事者になってみてわたしは思った。これもまた「わたしが発掘した感」をイケている側の子が味わうためのものだと。

「わたしがあんたの才能を見つけて広めてあげたんだから、あんたは卒業までわたしの奴隷だよ」

という圧を感じた。それでも友達活動をさぼって生きてきたわたしにとっては、こんなことくらいで残りの中学生活の暇つぶしができるのならラッキーだった。あと一つ、わたしがそのイケているグループに入れた大きな理由は、わたしの推《お》しが誰ともかぶっていなかったことだった。そもそも4人の推しがバラバラだったところに、余っていた一人の担当としてわたしがグループに加わった。別に彼女たちと一緒にコンサートに行ったり、追っかけをしなくてもよかったのだが、一人で見に行ってコンサート会場で鉢合わせて変にいじられるのも面倒だし、何よりグループにいた方がコンサートのチケットが取りやすいと思ったので、少しでも多く、彼を目に収めに行くために、わたしは中学3年の春、イケてるグループに参加した。もちろん彼に性的な興奮を覚えていることはグループ内では隠していた。それが異常なことだということくらいわたしもわかっていたし、隠れてそういうことをしていることが何よりの興奮だったからだ。

学校帰り渋谷に行って死ぬほどプリクラを撮ったり、109のトイレで化粧をしたり、そういった日々の遊びは大して面白くなかったけど、そのたぐいの鬱憤も、家に帰ってポスターの彼に話しかけることで消化された。何を話しても笑顔で聞いてくれる。そんな生活を半年ほど過ごしていたある日、そのアイドルグループの一人が大麻で逮捕された。残りの4人は泣きながら記者会見をして、わたしたちもその様子を泣きながら見た。そしてその脱退したメンバーのファンだった子が、

「自分の推しはいなくなったけど、わたしはみんなとこのグループを応援し続けた

い」

　と言ったことで、我々グループの空気が凍った。グループのリーダーを推していた真帆香《まほか》が、

「そもそもさ、先月初めてMステにも出られて、冬の横アリも発表されて、マジで今から！　って時にあんたの推しが大麻なんてやって逮捕されて、残りの4人泣きながら謝罪する羽目になって、グループのイメージダウンさせてなにしてくれてんの!!　そんなやつ推してたやつになんかこのグループ応援されたくないんだけど!!!　リーダーに迷惑かけないでよ!!!」

　と、顔が破裂しそうなくらいに叫び散らした。そしてわたし以外のあとの二人も、

「そうだよ、真帆香の気持ち考えなよ」

「あんたもグループ抜けるべきだよ」

　と続けて言い放った。全員が推し被りしたくなかったのだ。地獄だ。アイドルの大麻事件でわたしたちの友情にも簡単に亀裂が入った。元から友情などなかったわけだけど。くだらないな、と思いつつもすでにチケットを買ってしまっていた分のコンサートには残りの3人と行き、泣きながらコンサートを見た。そして着々と卒業が近づき、修学旅行の日になった。修学旅行の班分けも、もちろんこの4人組になり、4人

部屋に泊まることになった。夜、いつものように寝るギリギリまで彼の写真を眺めていたら無性にムラムラしてきて、全員が寝たことを確認して、わたしは自宅でいつもしているようにズボンを脱いでパンツに手を入れて声を押し殺していた。彼の名前を頭の中で繰り返して体が熱くなるのを感じながら、みんなにバレないかドキドキしていた。あまりの興奮に声が漏れた瞬間、真帆香の、

「気持ち悪いんだけど！！！」

という叫び混じりの声が聞こえた。

全てが終わった。

わたしは全てを気がつかれ、この日から卒業までの1ヶ月、3人から無視されることになり、友達を失った。その日を境に自分の異常さをはっきりと自覚し、アイドルの追っかけをやめた。初めての異性への気持ちに振り回され、自分はどうかしていたのだ。自分の感情と性欲の結びつき方が怖くなった。恋心も、性欲も、わたしにはいらない。地味に、自分の得意な裁縫だけして、とにかく目立たないように生きていこう、そう思った。そこで冷静になれたことがわたしの人生を救ってくれた。1年間ア

イドルに向けていた興奮と情熱を裁縫に高校の3年間全力で注いだら、目標にしていた東京の服飾の専門学校に合格することができた。在学中からそれなりの評価を得て、ちょくちょく小劇場の演劇の衣装制作の手伝いなどをしていた。自分にこの才能があってよかったなと心から思った。あのままアイドルを追いかけ続けていたらどんなことになっていたのだろうと考えると恐ろしい。それでも専門学校卒業まで異性とは一切交流を持たなかった。ときめいてしまったら自分がどうなってしまうのかがわからなくて怖かったからだ。とみーを見つけたのは卒業制作のモデルをインスタで探していた時だった。自分のデザインにあうモデルを探していた時に「岡崎さんと話が合いそうな面白い男の子いるよ」と同級生から紹介されて、彼のインスタに飛んでみた。異性にモデルの依頼をするのには抵抗があったのだが、すごく自分のタイプな見た目だったし、確かに話も合いそう。何より、はっきりとゲイと公言している彼のプロフィールを見た時、これは異性に振り回される心配もない、と思い連絡をとってみることにした。

初めてわたしの作った服をとみーに着せた時、わたしの天使が目の前にいると思った。

それからしばらくの間月に一回のモデル撮影をとみーに頼むようになった。

「僕大好きだよ？　真知子ちゃんのデザイン。絶対仕事増えるよこれから」

「僕がオカマじゃなかったら絶対真知子ちゃんのこと好きだったと思うよ」

「僕、仕事とか尊敬できないと嫌なタイプだから、こうやって自分がいいなって思えるもの作ってる人とか絶対好きになってたと思う。それに話してても話しやすいし、相談なんでもできるし」

とみーと最後に会った日に、彼から言われた言葉が呪いのようにわたしの頭にこびりついている。

中学の修学旅行の夜と、とみーが最後にモデル撮影に来た日、これがわたしの人生の二大トラウマだ。

「あ、はい今から電車乗ります？　わかりました、じゃああと30分くらいでこっちの駅着きますね。ごめんなさい、うち駅からちょっと歩くんですけど、あ、でもちょっとで、はい、5分くらい、あ、いや盛りましたね、ごめんなさい正確には7分くらい？　あ、でも男の人の足だと5分くらいで着くのかな……。あ、ごめんなさい道ですよね？　えっと、改札を背にして右に進むとオリジン弁当があって、あ、え？　電車来ちゃった？　あ、はーい、じゃあ続きはLINEでー」

高校の時の同級生だった怜人《れいと》くんからの電話に応えながら、久々に人生の二大トラウマを思い出していた。早くスーパーに買い出し行かなくちゃ。

安西美和《あんざいみわ》の序章

中学からの大好きな同級生の結婚式で西野カナの「Dear Bride」を歌っていた。ダンス部の仲良しグループで「誰が一番早く結婚するかね！」と中学時代から言っていた中の一人がついに結婚する日が来た。うちらが何かあると必ず集まってきた渋谷にあるカフェに呼ばれて結婚報告を受けた時、みんなで号泣した。大好きな友達が幸せを摑み、お嫁さんになる。あたしの胸は幸せでいっぱいだった。報告を受けたその足で8人でオールでカラオケした。うちらには思い出の曲がたくさんある。結婚式当日、お兄ちゃんの結婚式で着て以来着ていなかったブルーのパーティードレスを着て、前髪をポンパドールにしてお兄ちゃんが誕生日にくれたMiu Miuのキラキラのカチューシャをして、長く伸ばした金髪を32ミリのコテで巻いた。クロエのアブソリュ　ドゥ　パルファムを首と腕とくるぶしに振りまいたらあたしはお姫様だった。香水って大好き。どんな時も気分をあげてくれるし、女の子に生まれてよかったって思う。急いでタクシーに乗り、ダンス部の女子5人でサプライズで歌う西野カナの「Dear Bride」のハモリの音源を確認しながら式場へと向かった。

この歌を聞くだけでタクシーで涙が溢れた。だってこんなのもううちらのための曲なんだもん。今日は絶対何度も泣くだろうと思い、付け睫《まつげ》は一番強いウォータープルーフのノリでつけた。

式が始まり、誰よりも綺麗でお人形のような親友を見てうっとりしていると、新郎新婦の馴《な》れ初《そ》め映像が始まった。最高だった。次は自分の番かもしれないと幸せの想像があたしの頭の中で膨らんでいた。あたしとたいちゃんの馴れ初めはこうだ。

彼氏のたいちゃんとはバイト先で知り合った。歌舞伎町のカラオケ店の深夜のアルバイトをしているたいちゃんが仕事帰りに先輩に連れられてあたしが働いているガールズバーにやってきた。水商売の女が嫌いなたいちゃんは、どの女の子が席についても、

「俺の相手せんでいいよ～香水臭いわ～！」

と言っていた。「馬鹿な女の子興味ないで」という感じでブスッとしているお客さんはたまに来るが、そういう女を下に見ている感じとたいちゃんは全然違っていた。あたしはなんとなく自分なら上手に話せる気がして、たいちゃんの席についていた女

の子に「ちょっと美和と場所代わって～」とお願いをしてたいちゃんに話しかけた。

「初めまして、美和でーす！」

「泰造《たいぞう》でーす」

適当に同じテンションを作って返してくれた。

「そこのカラオケのバイトさんなんですよね？　美和そこのカラオケしょっちゅう行ってまーす！」

「語尾伸ばすな、馬鹿に見えるから」

「馬鹿嫌い？」

「馬鹿嫌いっていうか、馬鹿なフリしてる女の子がやだ」

「え？」

「オリジナリティなくね？」

あたしはもうたいちゃんに興味津々《しんしん》だった。

「オリジナリティってなんですか？」

「みんなおんなじじゃん、キャバとかガールズバーの女の子って。俺はオリジナリティを可愛いって思うし、かっこいいって思うんよね。だからこういう店は興味ない。

オリジナルいないんだもん」

「何それ超かっこいい!!!」

あたしは嫌がるたいちゃんと強引にLINE交換をして、その日からLINE攻撃をしまくった。たいちゃんのLINEのアイコンは自分で描いたらしい自分のイラストだった。絵がうまいところにも才能を感じて、超かっこいいって思った。それから毎日朝起きたら「おはよー！　大好き！」夜寝る前は「おやすみ大好き！」って送り続けた。たいちゃんからは最初の頃はよくわからない外国人のスタンプしか返ってこなかったけど、次第に、「今日もバイトなん？」とか「俺は今日友達とバーベキュー来てるよ」とか会話が送られてくるようになった。そしてガールズバーのバイトに出勤する時と退勤した後は必ず、同じ日にたいちゃんもカラオケの深夜バイトをしていないか店を覗《のぞ》くようにしていた。たいちゃんは本当に働き者で、あたしが覗くと九割の確率で働いていた。

「なんでそんな働くの？」

と聞いてみたら、

「いや、普通に男は働かないとあかんやろ。いつか女の子養って、子供とか育てるんやから。俺、ヒモとかマジ無理なタイプだかんね」

何それ好きー!!　たいちゃんの考えは、あたしにとってどれも新鮮で、オリジナルで、尊敬できて大好きだった。こんな人と結婚できたら絶対にあたしは世界一の幸せ者だと思った。毎日の好きＬＩＮＥを欠かさないで三ヶ月続けていたある日、バイト前にたいちゃんのカラオケ店を覗いたらこの日はたいちゃんの姿がなかった。今日はお休みの日かなとしょんぼりして自分の店に向かったら、ガールズバーの従業員用の出入り口の前にたいちゃんが立っていた。夢かと思った。

「なにしとんねん、お前。18時出勤やろうが」

「え？　うん」

「今何時やと思ってんの？」

「え、17時59分」

「ギリギリすぎやろーが！　なんやねん1分前行動って。俺、仕事の出勤時間とか余裕持ってる女が好きだから」

「え、ごめんなさい」

「直せんのか？」

「直す、明日から直す！」

「あと、今日でバイトやめろ」

「ええ?」
「俺、彼女が水商売しとんのとか無理やから。俺と付き合いたいんやったら今日でこ
こやめろ」
「彼女……?」
「お前がしつこいからやからな！　好きになったわ、だから付き合うから、今日から。
お前俺の彼女。わかった?」
涙が溢れた。
「わかったんかって聞いとんのやけど！」
「たいちゃん！　好きー!!」
あたしは思いっきりたいちゃんに抱きついて、そのままバイトを辞めた。働き者で、
優しくて、あたしのダメなところを叱ってくれる最高の彼氏ができた。2年間ずっと
あたしのヒモだった元カレの怜人とは天と地の差の最高の彼氏。これがあたしとたい
ちゃんの馴れ初め。
親友と旦那さんの馴れ初めと、自分とたいちゃんの馴れ初めを重ねてあたしは胸が
いっぱいの幸せ者になっていた。帰ったらたいちゃんに今日の話、いっぱいしなくっ
ちゃ。

ルンルンで帰宅すると、パーティー仕様のあたしを見たたいちゃんが、

「お前、そんなどこにでもいるような女の格好してんなよ。髪ショートの方が美和ちゃん似合うわ絶対」

と言われた。その場で歌舞伎町の朝までやっている美容室を予約して、すぐに髪を切った。

「超可愛いんだけど!!」

たいちゃんが喜んでくれた。たいちゃんから褒められることが今のあたしにとって一番の幸せだった。

北《きた》川《がわ》七《なな》瀬《せ》の序章

幼い時、我が家の家計はわたしが支えていた。

働かない父親と、元ＡＶ女優の母の間に生まれたわたしは、物心つく前からジュニアグラビアをやらされていた。やらされていたって言い方だと無理矢理のように聞こえるかもしれないけど、当時はそれなりに楽しんでやっていた。ロリコン文化が盛んな日本ではジュニアグラビアの需要がかなりある。３歳からその道に入ったわたしは、

10歳になるまでの7年間ジュニアグラビア界の一線を走り続けた。だから現場でも相当可愛がられていた。7歳になるくらいまでは何で下着や水着で写真を撮られているのかもわからず、お母さんとおじさんの言う通りの服を着て、言われた通りのポーズをして写真に写れば、「かわいいかわいい、七瀬ちゃん天才」と褒められて、お菓子をたくさんもらえたのでとにかくそれが嬉しかったしお母さんの機嫌が良くなるから楽しかった記憶だ。でも、次第に自分がやらされていることや、その写真が大人の何になるのかを幼いながらに理解してきて、いけないことをしているのではないかと、小学校の同級生と自分は違うんじゃないか、と思うようになった。でも、8歳になる頃には、わたしが撮影に行かなくなったら家族がご飯を食べられないんだ、と気がつき、何も言えなかった。スクール水着でバランスボールに乗って跳ねさせられたり、セーラー服を着たままホースの水をかけられたりしながら怖さも少しは感じていたが、それでも自分にとっては父と母を喜ばせること、の方が優先順位が高かった。撮影現場で知らないおじさんにお尻を触られても、帰ってお父さんお母さんに褒めてもらえたら全部がチャラになるくらい嬉しかった。わたしが喜ばせたんだ、必要とされていると実感できた。でも、そんな生活も10歳になった年に幕を閉じた。体の発育が早めだったわたしは、10歳くらいから大人っぽい体つきになってしまい、ジュニアグラビアの需要がなくなってしまったのだ。そのまま成人グラビアの道に進むことを事務所の社長には勧められたので、「あーきっとわたしはそうやって生きていくんだな」と思っていたら、ジュニアグラビアより圧倒的に安い成人グラビアのギャラを聞いた母が「そんなんじゃやらせる意味がない」と発狂し、家に帰ったあと「何でそんなに早く成長したんだ」とわたしを蹴り続けた。翌日、たまたまうちを訪れた母方のおばあちゃんがわたしの痣《あざ》に気がつき、母を怒鳴りつけ、わたしを自宅へと連れ帰ってくれた。何であんな母が出来上がってしまったのだろう、と思うほどおばあちゃんは真面目で普通な人間で、わたしは10歳でおばあちゃんに引き取られて以来、20歳になるまでほぼおばあちゃんに育ててもらった。わたしがジュニアグラビアをやらされていたことも後から知ったおばあちゃんは「気がついてあげられなくてごめんね」とわたしの背中をさすりながら泣いてくれた。でも、わたしにとっては仕事のことは全然傷になっていなくて、それよりも母を喜ばせることができなかったことの方が当時は辛かった。家族の中であれだけ必要とされていたのに、大人になった瞬間不必要とされてしまったことが辛かった。でも、その傷もわたしを大切に「わたしの宝だ」と言って育ててくれたおばあちゃんのおかげで高校を卒業する頃にはすっかり良くなっていた。おばあちゃんの家は笑っちゃうほど貧乏で、高校生になってアルバイトができるようになったわたしが、近所のマクドナルドでアルバイトを始めて、最初のお給料でおばあちゃんをご飯に連れて行ったら本当に喜んでくれた。その時思った。やはりわたしは自分って割とどうでもいいんだ、と。自分が良くしてもらったり幸せにしてもらうより、誰かに喜んでもらったり、必要とされることの方が自分にとっても幸せだった。

19歳で初めて彼氏ができた時も、

「七瀬は何食べたい？」

「七瀬はどこ行きたい？」

「七瀬は何が欲しい？」

と、とにかくわたしに尽くしてくれる本当に優しい思いやりの塊のようなタイプの彼氏と2ヶ月で別れてしまった。「何かリクエスト言わなきゃ」という状況がわたしにとっては苦痛だったのだ。それよりは相手に合わせて、相手の要望を叶えるために生きる方が性《しょう》に合っていた。自分を大切にしていないわけでは決してないのだが、幼い頃からの父と母からの刷り込みがやっぱりどうしても大人になっても消えなかったのだ。

24歳になった頃、おばあちゃんが突然癌で死んだ。

自分が癌であることもわたしにずっと隠していて、本当に突然、静かに死んだ。

いかにもおばあちゃんらしい死に方だった。もっと頼ってくれてよかったのに……。

おばあちゃんのお葬式で久しぶりに会った母は、父でない再婚相手の男と一緒で、隣にはウサギのぬいぐるみを抱えた小さな女の子がいた。母が自分ではない子の母親になっていたことよりも、あの子もわたしのようなことをやらされているのだろうか、ということの方が胸が痛かった。そうではないことを祈り、おばあちゃんとお別れをした。その後、いつまでもアルバイトで生活をしていてもな、と思い、前から気になっていた風俗店の求人サイトを開いてみた。数年前も一度、自分の性には合っているのではないかと思い、働くことを考えていたのだが、おばあちゃんを悲しませたくなくて思いとどまっていた。死んだからいいってもんではないが、これからは自分だけの人生を生きようと思い、体験入店をしてみることにした。元から割と慎重な性格なので、細かく働いている女の子のブログなどを読み、変ないざこざやストレスがなさそうな店を選んだ。面接をしてくれた店長もとても感じのいい人で、体験入店の日も割と楽しく働けた。体力的にはもちろん楽な仕事ではなかったけれど、男の人に消費される仕事には幼い頃から免疫があったし、何よりわかりやすく人を喜ばせることができて、何だか気持ちが満たされた。そして真面目に取り組めば取り組むほどお客さんが付き、数人の固定客がわたしを求めてくれるようになった。なんだかすごく生きやすくなった。ただ、はじめの1年はがむしゃらに働きすぎて、必要とされて心を満たしたいあまり、一度だけ客と深い関係になりすぎて今、わたしはシングルマザーをしている。もちろん自分も恋心があった相手との子供だし、一人で産んで育てると決めたのは自分だし、何より、子供が生まれて、この子のために生きようと初めて生きる目標が見つかった。わたしに生きることを神様が教えてくれた宝もののような存在で、この子がいるからわたしは今、一生懸命、強く生きることができている。この子を守る強い母でいなくては。

いつものように託児所に子供を預け、店へと出勤した。店に入ると、

「七瀬ちゃんいつもの、来てるよ」

と店長から言われた。

最近わたしを毎週指名してくれる人がいる。なんか、俳優をやっているらしいが、テレビを見て、友達とはしゃぐような青春を過ごしてこず、テレビといえばおばあちゃんと笑点ばかり見ていたわたしは俳優の顔や名前を全然知らなかったので、俳優と聞いても「へえ」としか思わなかった。

2020年1月のわたしたち

真知子

スーパーのお米売り場で、わたしはかれこれ15分迷っていた。種類、値段、大きさ、たくさんありすぎて毎回どれが一番お得なのかがわからない。目の前に立っているお米粒のキャラクターと目があった。白くて丸っこいものってかわいい。昔からマリオに出てくるキノコ頭のキャラクターを見るたび思う。お米粒くんの足元に目を下ろすと、「今週のおすすめ」と書かれた「ゆめぴりか」というお米が1キロ、3キロ、5キロと並んでいた。

料理はそれなりに好きなので、スーパーを散策するのは好きだが、お米を買う日は別だ。お米って本当に重たくて買うのが憂鬱になる。でも、憂鬱になってでも買う価値があるほど美味しいし、結局家でお米を炊くのが一番の節約にも繋がるのでそうしている。ネットでも購入ができるが届く時間に家にいなくちゃいけないし、段ボールの解体がとても嫌いなのでなるべくスーパーに買いに来るようにしている。１キロのお米はそりゃまあ軽くて家に帰る途中の坂だって楽チンだ。でもすぐなくなる。じゃあ３キロかな。とりあえず３キロのお米を持ち上げてみる。

「もうちょいいけるか……」

と独り言を言いながら５キロも持てる気がしてきて５キロのお米に手を伸ばして抱えてみた。

「５キロは実家で飼ってる犬と同じだから……わんこ抱えて坂のぼるのは結構しんどいかな……」

とさらに独り言を言っていたら、後ろにいたお客さんにぶつかった。本当にわたしってどんくさい。「なんだよ」と睨《にら》まれてしまった。こわいこわい。自分の買い物カゴの中身を見る。

鶏もも、椎茸、れんこん、ごぼう、人参、絹さや、大根、ブリ

筑前煮とぶり大根を作ろうと思ったが、この材料と３キロのお米は結構しんどい。ブリは焼くだけにして大根はなしにして、人参は家にちょっとだけ残っているからそ

れ使えばいいか。人参と大根がなくなれば少しは軽くなる。人参と大根を野菜売り場に戻しに行き、3キロのお米を持ってレジへと向かった。お米買うならカート持ってくればよかった。レジで会計をしていると、

「お米用に袋二重にされますか?」

と店員さんに聞かれた。

「あ、え?」

「重たいから、破れちゃうかもしれないから」

「あぁ……どうしようかな」

「プラス3円ですけど」

「プラス3円……」

結構高いなと思ってしまう。3円ってもちろん3円自体は安いが、このビニールが3円。それってどうなんだろう、と考えてしまった。昔はただでもらえたのに。

「いります? いりません?」

店員さんが急《せ》かしてきた。

「あ、じゃあ1枚で。家、近いので」

「はいー」

わたしの家が近いとか、遠いとか、徒歩とか車とか、この人にはどうでもいいよな。何でそんなどうでもいいこと言っちゃったんだろうと恥ずかしくなった。今日はどうしても落ち着かない。店員さんが誰に言っているんだかわからないところに向かって「レジ袋1枚でーす」と言っていた。なんだかそう言われると、レジ袋をもう1枚買わなかったことが申し訳なくも思えた。ケチだと思われたかな。いいか、スーパーの人に何を思われても。買った食材とお米を袋に詰めていたら、去年一人で鎌倉に行った時に買った肩かけのポシェットの中でＬＩＮＥの通知音が鳴っていた。怜人くんかなと思って見てみると行きつけの生地屋からのメルマガだった。

怜人くんから連絡が来たのはつい1週間前のことだった。ミシン作業中、眠くならないようによくわたしは趣味で知らない人のツイキャスや配信を垂れ流しているのだが、ある日適当に閲覧数の多い配信者の配信を流したら、聞き覚えがある声が聞こえてきた。手を止めて画面を見ると、そこには見覚えのある顔と、物凄い趣味の悪さで印象に残っていたギターに貼ってるステッカーが見えた。

「今日も200人近く集まってくれてありがとねー怜人様嬉しい〜」

やっぱり怜人くんだと確信した。高校の同級生だった怜人くん。特に交流はなかったし、3年間で交わした言葉なんて一言か二言だったと思うのだが、怜人くんがギターボーカルをやっていたバンドが文化祭で演奏をしていた時にたまたま体育館前を通りかかったので見てみたら、あまりに変なステッカーをギターに貼っていて、楽器ってきっとそれなりの値段するものなのに、よく何の躊躇《ちゅうちょ》もなくあんなステッカーを貼れるなぁと思ったことがわたしの地味な高校生活の中でかなり濃く印象に残っていた。そしてそのステッカーのセンスとは裏腹に、顔が可愛くて憎めない容姿だったので、中学のトラウマがあったわたしは自分が変な気を起こしてしまうことが怖くて、近寄らないようにしていた。わたしから避けなくてもバンドやって友達もたくさんいるような怜人くんがわたしなんかに絡んでくることはそもそもなかったと思う。そんな彼を久々にツイキャスで見かけたので、Ｔｗｉｔｔｅｒを覗きに行ってみた。フォロワーが６５００人くらいいて、結構たくさんいるんだなーと思いながらＤＭが解放されていることに気がつき、まあなんかファンがそれなりにいるみたいだし、わたしのこと覚えてなかったら返事とか来ないんだからとりあえずせっかく見かけたし、久しぶりーとか送ってみた。すると、５分もしないうちに返事が返ってきた。

〈え、岡崎って真知子ちゃん!? 久しぶりー! 元気してんの？〉

〈あ、うん。配信見てて懐かしくなってＤＭしちゃった。ごめんね〉

〈なんで謝んのー超嬉しいし～え、久々に会いたいんだけど〉

という展開になった。まさかそんなことを言われるなんて思わず、でも本当になんの思い出もない高校生活だったので、同級生と会うなんていうことはこれを逃したらないかもしれないと思ったのと、あと一つ、

〈今Ｔｗｉｔｔｅｒとインスタ覗いたんだけどさ、真知子ちゃん衣装のデザイナーやってんの？　超すごくない？　俺すげえ興味あるそういうの、話聞かせてよいろいろ。俺のイベントの衣装とかも頼んじゃったりしようかな〉

という連絡が来たことが会うかどうか迷っていたわたしの背中をドンと押した。同級生が、しかも当時クラスの中心だった男の子がわたしのやっている仕事に興味を持ってくれて、しかもすごいって言ってくれたことがとても嬉しかった。

〈家で作業してんの？　じゃあ俺、真知子ちゃん家《ち》行くわ～〉

と、いう展開になり、どんな展開だよそれとは思ったが、仕事一筋で生きている今のわたしにとっては、同級生の男の子が自宅に衣装を見にくる、ということは何も不自然なことではなかった。身も心もホンモノの男の子が一人暮らしの自宅に来るなんて人生で初めてのことだったけれど、仕事絡みと思えばなんてことなかった。

スーパーでの袋詰めを終えて、そろそろ怜人くんが駅に着く頃かなと駅の方向に歩いていると、ポシェットの中に入っているスマホが震えた。右手で握って持っていた

スーパーのビニールを手首にかけてポシェットの中のスマホを取り出そうとした瞬間、お米の重さでビニールが千切れた。最悪。ＬＩＮＥの通知が何度も何度も鳴っている。

怜人くんは一言ずつＬＩＮＥで送ってくる。

　地面に落ちてしまった3キロのお米の袋を見つめながら、3円くらいケチらなければよかったと後悔した。すると今度は着信音が鳴った。怜人くんからだ。

「あ、はい、もしもし？」

「もしもーし？　ＬＩＮＥ届いてない？」

「あ、ごめんなさい届いてます」

「よかったー ドタキャンかと思った」

「すみません、ちょっとトラブルというかそのー、ありまして」

「ねえねえねえ、駅のどっち側って言ってたっけ？」

「え？」

「真知子ちゃんの家。北口だっけ？」

「あ、いや、南口です」

「おっけーこのまま電話繋いで案内してもらってもいい？」

「はい、というか、あの、わたし駅の近くに今いるんで、迎えに行きます」

「えー？　何？　迎えに来てくれたのー？　天使じゃん」

「いや、迎えにというか、スーパーにというか」

「じゃあここで待ってたらいい？」

「はい、北口のオリジン弁当の前にいてもらえたら」

「ほいー」

「あ、はい、すぐ、3分くらいで、あ、いや、4分くらいかな。すぐ行きますんで」

「敬語じゃなくていいっしょ、待ってまーすじゃあねー」

　電話が切れた。「敬語じゃなくていいっしょ」って確かにそうだよな。同級生で同い年なんだから。途端にいつも自分が人とどうやって喋っていたのかがわからなくなった。そもそも最後に友達と二人で遊んだのなんていつだろう。あ、待たせてしまう、急がなくっちゃ。袋のなくなったお米を抱えて駅の方向へ早歩きをした。こんなことならお米、今日買わなければよかった。せっかく綺麗に整えた前髪も汗と風でぼさぼさになってしまった。え、前髪を整えたりしてわたし、やっぱり異性と会うってこと意識してるのかな。いやいや、衣装を見に家に来るだけだ。同時に、教科書の中で昔の人が肩のところに乗せて運んでいた米俵ってどのくらいの重さなんだろうと思った。あの持ち方は男の人にしかできないな。

「あー！　真知子ちゃん⁇」

　後ろから声をかけられてびくっとした。振り返ると、大きなギターケースを背負った怜人くんが手を振りながらこっちへ近寄ってきていた。カーキのモッズコートを着て、振っていない方の手にはスマホのセットされた自撮り棒を持っていた。

「あ、怜人くん？」

「うわー久しぶり変わらないね」

「そう？」

「行こっか？」

「え？」

「え？　真知子ちゃんの家、行っていいんだよね？」

「ああ、うん」

　高校生ぶりに対面した怜人くんは相変わらず肌が白くて綺麗で、可愛かった。あまりにキラキラした目をしていて少し見惚《みと》れてしまった。わたしメガネしててよかった。とレンズを一枚挟んで目が合っていることに安心をした。

「貸ーして？」

　怜人くんがわたしに向かって手をパーにして出してきた。何だろう……？

「ほら、荷物持ってあげるよ」

「あ、」

わたしが何か言うより先に、彼の手がわたしの手元へと伸びてきて、荷物を奪っていった。一気に身軽になった。

「何これ？　ちぎれちゃったの？」

「うん……」とうなずくわたしを見て「ちぎれちゃってお米抱えて歩いてきたの？　可愛いね、真知子ちゃんって」と笑っていた。可愛い？　ビニールが切れたことが？　お米を抱えているところが？　どんくさいところが？　え？　どういう意味だろう……。頭の中がぐるぐるし出した。けれど、

「弱っ。ビニール。しゅっぱーつ！」

とわたしがもじもじしていることには一切触れず、怜人くんは笑いながら歩き出した。

「ほら、道教えて？」

「あ、うん、真《ま》っ直《す》ぐ」と、わたしも駆け足で付いて行った。やっぱり男の人って１歩がわたしより大きいな。全然聞いたことのない曲を鼻歌で歌いながら怜人くんは歩き続けた。途中、「知ってる？　この曲」と尋ねられたが、全く知らなくて申し訳な

い気がして「ん―？」と誤魔化してしまった。そんなわたしのリアクションを気にもせず、

「久しぶりだったよね」

と怜人くんは話を続けた。

「え？　あ、うん」

「いやーでもびっくりしたよ、突然Ｔｗｉｔｔｅｒで話しかけられたから」

「あ、いや、たまたまツイキャス見てて、いやーこれ絶対怜人くんだよなと思って」

「よく覚えてたね、高校から会ってないのに」

「ああ、うん、そのギターに貼ってあるステッカーがすごい昔から印象に残ってて。だからわかったんだよね」

変で印象に残っていた、とは言えるわけがなかった。怜人くんは無邪気に笑いながら「貼っててよかったわ」とこっちに向かって微笑んできた。久しぶりにわたしのあの異性に対するときめきが心の中に蘇《よみがえ》った。あれ？　仕舞い込んでいたはずなのに……。しかもこの人、きっとわたしとは全然生活リズムも違うし、服装を見る限り共通の趣味もなさそうだし、一緒にいて楽しいとかきっとないよ？　でも、外見の可愛さがそれら全てに魔法をかけているようだった。たとえこの人の話が死ぬほどつまら

なくても、この人と食事の趣味が合わなくても、この人と音楽の趣味が合わなくても、わたしの異性へのときめきって見た目だけで発動するのだ、とこの時悟った。古着のワンピースのわたしと、渋谷に行けばどこにでも売っていそうな服装の彼は、誰がどう見てもミスマッチだ。あ、何でそんなこと考えているんだろう。自分の顔がほてっていないか急に不安になった。恥ずかしい。そんなことを考えている様子は隠せ、わたし。彼はわたしに興味とかなくて、間違ってもそんなことにはなるわけないんだから。え、でもじゃあなんで可愛いってさっき言ったの？

「何考えてんの？」

ギクっとした。咄嗟《とっさ》にわたしは彼の背負っているギターを指差し、「バンドとかやってるの？」と興味もないのに聞いてみた。

「いや、バンド今はやってない。ソロだね」

「へーすごいね」

また会話が終わってしまった。すごいって思っていないのバレちゃったかな…。

「まだ真っ直ぐ？」

「あ、うん、ずっと真っ直ぐ」

「はーい。ねえねえ今日は何作るの？」

「え?」

「ご飯。これ、材料じゃないの?」

「あー、なんだろ、なんか和食かな」

「えー俺、超好き和食」

「え、ご飯も食べていく?」

「食べます」

ご飯、食べていくんだ…。タイプの可愛い男の子がわたしの手料理を食べていくの? わたしの家で?

「ねえねえ、なんか他に買う? 大丈夫? 俺まだ持てるよ?」

「いや、大丈夫かな」

「はいー」

着々と自宅が迫ってきているが、本当にこれ家に入れて大丈夫か? でも、同級生が家飲みするのとかって普通のことか。あ、え? 家飲みってお酒飲むのか。あれ? そんな話にはなっていないか。自分の思考がよくわからなくなった。夜ご飯食べた後ってなにするんだろう……?

え?

そんなことを考えていたら最後の曲がり角に差し掛かっていた。

「あ、ここ曲がります」

「はいー」

まずい、うちに着いちゃう。でもこんなに焦っているのはわたしだけだ。怜人くんは隣で時折スマホの地図アプリにピンを打ちながら歩いている。え、道をメモっているの？　何で？　また来るの？　まだ家にも着いていないのに？　あ、それとも帰り道一人で駅まで帰れるように？　もうわからない！

「俺普通に好きだったんだよねー」

「え？」

「真知子ちゃんのこと」

「え？　え？」

自分の頭の中がバグって空耳が聞こえたのかと思った。

「だから連絡くれて久しぶりに会えて嬉しいんだよねー」

「ああ…」

それはどういう意味……？　好きだったって、それは友達として？　高校時代、２回しか喋ったことがないのに？　友達としてだったとしても、それはありえる？

「ん？　着いた？」

「あ、うん着いた」

自宅に到着してしまった。「お邪魔しまーす！　重たかったね～」と荷物を置いた怜人くんが上着も脱がず、手も洗わず、わたしに抱きついてきた。怜人くんは安いコンビニでも売っていそうなボディースプレーの甘い匂いがした。男の子の匂いと体温をこんなに近くで感じたのは初めてで、脳がクラクラした。

美和

「ただいまー！」

大好きなたいちゃんの声がした。相変わらずほぼ毎日深夜バイトに行っている働き者のたいちゃん。付き合ってすぐにたいちゃんがうちに引っ越してきてくれて同棲を始めた。もちろん家賃の半分はたいちゃんが出してくれている。「いきなり全部出すってのも変だからまずは半分ずつからってことで。お互い自分のことは自分でしないとな、大人だし」と言って半分ずつ払うことにした。たいちゃんのそういう考え方もあたしは大好きだ。ガールズバーのバイトを辞めたあたしはネイルの資格を取るために勉強をしながら、週4でコンビニでアルバイトをしている。

「資格取るとか超かっこいいよお前！　応援するしかないっしょ。でも、お前バイトはしないとダメだよ？　人間、怠《なま》けると永遠にそうなるってEXILEのHIROさんも言ってたよ？　勉強ってどうせ1日3時間くらいしかやらねーんだから」

というたいちゃんのアドバイスを受けて、コンビニのバイトをしながら資格の勉強をすることにした。おかげで貯金も減っていないし、充実した生活が送れていてたいちゃんに感謝している。でも、最近寒いせいか朝起きるのが苦手で、なかなか布団から出られない。毎日たいちゃんが深夜バイトから帰ってくるのは朝の10時。そのため、あたしは9時に目覚ましをかけて、たいちゃんが帰ってくる前にメイクをして、待っていることにしている。今日だって9時に起きてサトウのごはんをチンして、納豆かけて食べて、歯を磨いて顔も洗ったのに、気圧のせいなのか、生理前だからなのかとにかく眠くて布団に戻ってしまった。あたしとたいちゃんは朝、必ず納豆を食べると決めている。あたしたちは二人とも食事にこだわりがない。コンビニのお弁当とマックとスナック菓子が世界で一番美味しいと思っているので、それがあれば毎日ハッピーなのだ。でも、それだと老後に体が心配だからという話になり、朝納豆を1パック絶対食べる約束をした。

「納豆が結局一番体にいいからね？　俺、昔ストレスで肌荒れしまくった時、1日3回納豆食ったら一週間でツルツルになったかんね？　納豆最強！」というたいちゃんの実体験もあり、あたしたちは納豆を信じている。二人とも片付けが苦手なので、部屋は散らかっているし、大体はベッドかこたつにいる。そのため、こたつからなんでも手が届くように床にものを置いていた方が生活しやすい。料理はしないのでキッチンのシンクには洗った納豆のパックが100個くらいかさなっている。たいちゃんはファンタオレンジが大好きなので、基本的にどんな時でもファンタオレンジを飲んでいる。お茶や水は滅多に飲まない。「ペットボトルより缶のが美味しい」と言って、必ず下の自販機で大きなファンタオレンジの缶を買ってくる。だからファンタオレンジの空き缶がうちには300個くらいある。たいちゃんが溜めていて、捨てると怒るからだ。何で溜めているのかわからないが、そういうところも面白くて大好きだ。たいちゃんはユニークでポップで、いつだってオリジナリティに溢れている。

「おうおうおう！　おい！　起きろ！　起きろ！」

たいちゃんが毛布に包《くる》まるあたしの上に乗っかってきた。

「起きろ起きろ!!　万城目《まんじょうめ》泰造のお帰りだあああ!!!」

あたしの大好きな、世界で一番大好きで面白いたいちゃんが帰ってきた。あたしは大爆笑しながら抱き付いた。

「おいおいおい！　何寝てんのマジで」

「何今の起こし方ーそんな起こし方する人あたし見たことないんだけど」

幸せさと面白さで笑いが止まらなかった。あたしは大きな口を開けて笑っている時が本当に幸せだ。

「は？　なんやねんお前、彼氏帰ってくるまでに普通の彼女は起きてるやろうが。出ろ！　布団から。さみぃ。知ってんの？　お前日本の1月がどんだけ寒いか」

「ねえ、なんなのさっきの面白い起こし方！」

「笑ってねーで布団代われ！　俺があったまる番だから」

「あんな起こし方する人見たことも付き合ったこともないんだけど！　万城目泰造のお帰りだあああ!!!　だって!!!」

笑い転げているあたしをベッドの奥側に押し込んでたいちゃんが横に潜《もぐ》り込んできた。たいちゃんからはカラオケ屋のタバコの匂いと、8時間働いてかいた汗の匂いが混ざった匂いがした。これを嗅ぐと安心する。

「当たり前やろ、俺は人と同じ嫌いだから、オリジナリティで生きてるから、全部これ俺オリジナルだからね？　お前誰かと同じでいいって思って生きてんの？　そう思ってるんだったら今すぐ考え方改めて？」

「思ってないよ！」

「俺、オリジナリティないやつ嫌いやし、彼女がみんなに合わせるタイプとか本格的に無理だから、そっこー変えて！　周りに流されてるやつとかマジかっこ悪いし、俺の彼女は俺のオリジナルでいてほしいわけ、わかる？」

　たいちゃんはとっても滑舌が悪い。いつだってオリジナルが好きなたいちゃんだが、「オリジナル」とはっきり言えているのは聞いたことがない。「オリディナル」になってしまっている。それを聞くたび、あたしは愛おしさが抑え切れなかった。たいちゃん美和もオリディナルでいるよ。

「たいちゃんたいちゃん」

「なんや？」

「すきー！」

　たいちゃんの右足に自分の足を絡めて抱き付いた。

「やめろ！　狭くなるから！　え？　お前あったかいやん。ちょっと俺の足太ももで挟んどいて」

「冷たー！」

たいちゃんの足は服の上からでもわかるくらい冷えていた。今日もこんな寒い中、頑張って夜勤してきたんだね、えらいね。あたしはさらにたいちゃんを抱きしめて、首元の匂いを吸い込んだ。

「おい、湯たんぽ美和ちゃん、冷た！　じゃなくって、わかったん？」

「なんだっけ？」

「オリジナル」

「美和もオリジナルでいるー」

「語尾を伸ばすな、馬鹿に見えるから！」

「はーい」

「そうしてよ？　マジで。きゃりーぱみゅぱみゅもそういう人間がいいってこないだ雑誌で言ってたからね」

「うん」

「何笑っとんの？」

「言えてないよ」

「いや、滑舌もこれ、俺のオリジナリティだから」

「うん、そうだね」

なんて幸せなあたしたちの朝の時間なんだろう。たいちゃんにくっついてまたうとうとしていたら、思いっきり顔にたいちゃんのくしゃみがかかった。あたしは思う。くしゃみを顔にかけられても笑える相手が本当に心の底から愛している相手だと。くしゃみの唾が顔にかかって笑えるのなんてお兄ちゃんとたいちゃんだけだ。たいちゃんが鼻くそまで出てきそうなくらいの勢いで自分の鼻を掻《か》いていた。

「ねえくしゃみ美和の顔にかかった！」

「あーやばいわ、もうこれ花粉きてるわ」

「え、早くない？」

「お前花粉舐めんなよ？」

「花粉ってだって3月とか春でしょ？」

「俺くらいになると花粉も早めに症状出るから」

「風邪じゃない？」

「ちげーから、花粉花粉。鼻痒《かゆ》いもんこれ。あーマスク買わねーとな」

「買っておくよ」

「つーか、お前早く化粧して」

「あ、うん」

「お前の良さ、ギャルメイク似合うところだからね？　可愛くして早く」

「可愛くするー」

「帰ってきてこけしいんのかと思ったわまじで。こけしじゃないでしょ？　お前？

俺のかわいい美和ちゃんでしょ？」

「やばいやばい、可愛くするー」

たいちゃんはメイクをしていないあたしをこけしと呼ぶ。本気で言っていないことくらいわかるし、そうやっていじられることすら愛を感じて幸せだった。洗面所にメイク道具を取りに行こうとしたら、

「あ、ちょ、俺先に顔洗うから。花粉がついちゃってるこれ顔に」

と顔を掻きながらたいちゃんが洗面所へと向かった。あたしは「好き」の気持ちを抑えてまた布団にまるまった。「美和、みてみて」と洗面所の扉をちょっとだけ開けて顔を出してきた。そして、あたしのお気に入りのサンリオのヘアクリップで前髪を留めて顔を見せてきた。

「お前！　またまるまって寝るなよ！」

「たいちゃん可愛いそれ似合う」

にやにやして毛布に顔を埋めると、たいちゃんが洗面所の蛇口をマックスで捻《ひね》り水

をバシャバシャ周りに飛ばしながら顔を豪快に洗っているのが音でわかった。そろそろ来る、あたしの大好きなたいちゃんのうがいの音が。

カラカラカラカラカラ……

ハムスターが回し車で走っているみたいな音で可愛いうがいをするたいちゃん。そして、次の瞬間、

カーッ！　ペ!!!　おうえええええ!!

あんな可愛い音でうがいしておきながらとんでもないじじいみたいな水の吐き方をして、必ずタンを思いっきり吐く。

「おえー。それ吐いてるみたいで怖いんだけど」

「うがい大事なんやで？　しらんの？　お前」

たいちゃんは健康管理に本当に気を使っている。納豆を食べて、うがいをして、アルバイトを休まないように、自分がいいと思った健康法を毎日続けている。あたしも

そのたいちゃんのオリジナルの健康法を真似して、ここのところ風邪をひかないようになっていた。サンリオのヘアクリップを頭につけたまま洗面所から戻ってきたたいちゃんがキッチンに山積みになっているサトウのごはんを電子レンジに入れて、納豆を混ぜながらこっちへきてテレビをつけた。

「おい、DVD何借りたん？」

「え、お笑いがいいって言うからごっつええ感じ借りたよ？　そこに置いてあるよ」

「うぃー、お前天才やん、俺の趣味わかってるわー出来女」

「いえーい、やっぱさ、ごっつええ感じが一番面白いよね」

「マジそこ趣味合うわー、つーかテレビっていつまで正月番組やってんの、もう10日なんだけど」

「確かにーマジでつまんないよね」

「もはやDVD見るしかないでしょ、この危機的状況。あ、ちょっとメシ取ってきて」

電子レンジが終わっても、たいちゃんはこたつで納豆を混ぜ続けていた。たいちゃんは納豆を100回混ぜる。「熱いから気をつけてね」とアツアツのサトウのごはんを手渡すと、「そこ置いといて」と言って「82、83、84」と小さく数えながら納豆をかき混ぜていた。

七瀬

自宅から持ってきたサランラップに包まったふりかけがまぶしてあるおにぎりをかじりながら、店長からの内線を取った。

「七瀬ちゃん指名入ったけど18時上がりだよね？　今からお客さん入れちゃうと19時まで勤務延ばしてもらわないとだけど。断る？」

「誰ですか？」

「いつもの」

「あ、じゃあ19時までやりまーす」

「あ、ほんと？　じゃあ入れちゃうねー」

「はーい」

ふりかけのおにぎりの残りを一口で頬張り、お茶で流し込んだ。例の俳優をやっているらしい男がまた来てくれた。毎週1回だったのに、最近では4日に1回くらい来てくれている。すぐにケータイを取り出し、託児所に電話を入れた。

「すみません、ちょっと今日そちらに伺うの19時過ぎちゃいそうで。はい、すみませんいつも。よろしくお願いしますー。はーいありがとうございますー」

もちろん早く息子に会いたいし迎えに行ってあげたい。でも、この仕事もいくつまでやれるかもわからないし、最近若い時より明らかに指名が減ってきた。お茶を引くことはさすがにないが、今日だって指名は１件しかなく、このまま帰るよりもう一人相手をしておいた方が今月の給料が安定すると思い、19時まで働くことにした。しかも、その飯島《いいじま》慎太郎という俳優をやっているらしい男はわたしにとってストレスが１ミリもないお客だった。一緒にいる時間が楽しいとすら感じるくらい、わたしも指名が入るのをどこかで待っているようになっていた。客が来る前に必ず振りまくボディースプレーを体に振りかけていたら慎太郎が入ってきた。「またきたー」とわたしが振り返ると、目を合わせず「こんちわ」と慎太郎は言いながら部屋の中へと入ってきた。週に２度も会っているのに、セックスをする前の慎太郎は一旦よそよそしい態度に毎回戻る。

慎太郎よりも少し距離が近めの「こんちわー」をわたしも返した。

「臭《くせ》え香水をすんなよ」

「えー？　いい匂いじゃない？　これ」

話しながら慎太郎の持っている大きな鞄《かばん》を受け取ると、とっても重かった。

「重っ何これ？　お米？」

「は？」

「お米入ってるくらい重いよこれ」

「入ってるわけねーだろ」

「わかんないじゃないのよー」

「わかるだろ」

「お米って重いよねー」

とベッドに腰掛けた慎太郎の肩に頭を乗せて言ったら、「あー疲れた」といつもよりも疲れている様子だった。

「何？　どしたの？」

「いや、さっきまで撮影でさ」

「なにー？　こんな年始から仕事あんの役者って」

「あるでしょ、君も働いてんじゃゃん」

「風俗は稼ぎ時だから」

「ああ」

「え？　またドラマ？」

「いや、映画映画」

「何!?　あんた映画出んの？」

「うん、ちょっとざっとシャワー浴びるわ」

「映画の撮影した後の人とセックスするなんてはじめてー」と言おうかと思ったが、さすがにそんなこと言ったら引かれるかなと思って思い留まった。シャワーの準備を手際よく進めながら、「え？　何の映画？」と映画の知識なんてないくせに聞いてみた。

「なんかよくわかんない若手監督の映画」

「えー何それー岩井俊二？」

知っているそれっぽい名前を言ってみた。

「違うよ」

「よかったーわたし苦手なのよー岩井俊二」

「は？」

「なんかさーポヤポヤしてんじゃん、画がさ。目が悪くなったのかと思っていつもびっくりしちゃうから」

らさ」

「馬鹿じゃねーの？　素人が偉そうに」

「素人だからああいう芸術的なのがわかんないのよ。わたしってほら、ミーハーだから」

「そうだな」

「えー？　ポヤポヤ見えてるのわたしだけなの？」

「お前みたいな風俗嬢にはわかんねーんだよ、良さが、馬鹿だから」

「そうなのかねー」

「岩井監督は演出も天才だからね」

「何ー？　あんた会ったことあんの？」

自分が知っている有名人と会ったことがあるってだけですごいと思ってテンションが上がってしまう。本当にわたしってミーハーだと思う。そのくせテレビは子供と一緒に子供番組しか見ないし、ネットもほぼ見ないので芸能人のことは全然わからない。でもテンションが上がっているのはわたしだけみたいで、慎太郎は岩井俊二の話を早々に打ち切って、「そうだよ、あー疲れたー」と裸になりシャワールームへと入っていった。慎太郎がシャワーを浴びている間もドアを開けたままにしてわたしたちはよくお喋りをしている。

「何？　そんなに大変だったの？」

「若手監督だからさ、なんもわかってないから俺が全部仕切ってやったからさ」

「え、でどんな映画に出たの？」

シャワーの音で聞こえなかったのか慎太郎からは返事がなかった。「なんだろうなー楽しみ楽しみ～」と言いながらわたしは慎太郎の持ってきた大きな鞄を見つめていた。きっと台本とかそういうものがいろいろ入っていて重たいんだなと思った。大変だな役者って。慎太郎は何も知らないわたしによく映画のあらすじを話してくれる。映画なんて興味を持ったことが生まれてから一度もなかったけれど、慎太郎から聞く映画のあらすじはどれもとても面白そうに思えた。

「ねえねえこないだ教えてくれた映画なんだったっけー？」

「えー？」

「車乗って過去や未来に行くやつー」

「バック・トゥ・ザ・フューチャー！」

シャワールームから慎太郎がタイトルを叫んだ。

「洋画？」

「当たり前だろ！」

映画に関してはあらすじを聞いて満足していた節もあったが、その「バック・トゥ・ザ・フューチャー」という映画の話をしている時の慎太郎があまりにも楽しそうで、彼がそんなにも夢中になる映画って一体どんなものなんだろうと、映画自体が見てみたいというよりも、彼がどんなものにわくわくしたり興奮するのかが知りたくて、彼を知るためにその映画を見てみたかった。そんなこと思ったのは初めてだったので
これは恋なのか？　とも思ったが、風俗嬢として求められていたい、と思って仕事をしている自分の真面目さから出た感情なのかもしれない、と冷静に自分の感情と向き合っていた。どんなものが好きで、何に興奮するのかを知ればもっといいプレイが提供できるかもしれない、という思いがわたしの中にあった。

「ねぇー今日撮影した映画はさ、いつ頃から見られるの？」

「ちょっとさ、シャワー浴びる時くらい黙っててくんない？」

「ああ、ごめんごめん。独り言だから気にしないでー」

「独り言なら語尾にハテナをつけるなよ」

「え？」

「俺が無視したみたいになんだろーが」

と言いながらバスタオルを腰に巻いた慎太郎がシャワーを終えて出てきた。慎太郎

は170センチくらいの身長で、ちょっとだけ肉付きがいい体をしている。ガリガリより、抱き合った時に安心感があって好きだった。この短時間で髪の毛も洗ったようで、濡れた髪をスポーツタオルで拭いていた。そっか、撮影って髪型をセットされたりしてベタベタしたりしてたのかな？　と思った。

「わたしも岩井俊二の良さを語れる人間でありたかった」

「え？　何まだ岩井俊二の話してんの？」

「いやーなんかああいうのってセンスある人が好きじゃない？　いいなーと思ってさ」

わたしは昔からカルチャーに対してコンプレックスが少しあった。あまりにもコアなカルチャーを幼少期に見てしまっていたため、芸能的なものには怖くて近寄らなくなっていたし、芸術方面の人が集まるようなところにはなんだか負い目があって行かなかった。何の負い目なのかわからないのだが、幼少期の影響で自己肯定感が昔から低かったため、そういう「芸術好きな人が集まる場所」は自分が行くべきところではないと思ってしまっていた。あくまで自分は消費される少女のまま大人になっていて、そんな女が芸術なんて語れないと思っていたのだ。何かを生み出す才能も、何かを評価する才能も自分にはない、そう思っていた。

「てか岩井俊二以外の映画監督知らないの？」

「え、知ってるよ」

「誰知ってんの？」

「北野武」

「いや、それだれでも知ってるでしょ他は？」

「品川？」

「え？」

「え、品川って人いない？」

「え、芸人？」

「何？　あの人って芸人なの？」

「そうだよ、馬鹿だな」

「え？　監督してるでしょ？」

「ないわーそれはないわー」

「え？」

「俺、芸人が監督してるのとか一切認めないタイプだから」

「何それー役者っぽーい、え、役者っぽーい」

「役者だから」

「ああそうか、役者だったね」

「てかほんと映画の浅い知識とかで喋ると俺みたいなプロにはバレるよ？」

「え、やばいやばい」

「馬鹿じゃねーの」

　慎太郎はすぐわたしに「馬鹿」という言葉を使う。本来「馬鹿」とは文字通り馬鹿にしている相手に使うものだと思う。だから人から馬鹿と言われていい気持ちになることなんかない。でも、慎太郎の場合はわたしに向かって「馬鹿」ということで自分の中の何かを保っているように感じた。本当に馬鹿にしているのではなく、お金を払っている相手であるからという甘えからその言葉を使っているように思えた。「馬鹿」と言っていい相手にしか言わないということだ。それはそれでたちが悪いだろとほとんどの人間は思うのかもしれないけれど、わたしにとっては自分が必要とされていて、自分が馬鹿と言われてヘラヘラしていることで慎太郎を気持ちよくできているという実感があったので、嫌な気持ちがしなかった。わたしたちは需要と供給がうまくはまっていた。

「風俗嬢だからね、馬鹿でしょうがないでしょ」

「もうちょっとマシな風俗嬢もいるでしょ」

「ならもっとマシな子とチェンジする？」

「いいよいいよ、七瀬ちゃんがよくて来てるんだから」

「そう言ってよ最初から」

「面倒くせえなぁ」

「おしゃべりなあんたには丁度いいでしょ」

「早く脱いでもらえる？　俺だけ裸で恥ずかしいから」

　気がつくと慎太郎は腰に巻いたバスタオルも外していた。むちむちした裸にわたしはひっついた。

鈴

　わたしはお米が一粒ずつお気に入りのガラスでできた透明の米櫃《こめびつ》へと流れ落ちていくのを眺めながら自分のこれまでの人生を振り返っていた。母親の夢だった女優という仕事を5歳の時から背負わされ、29歳になる今年まで続けてきた。子供の頃は大人にちやほやされるのが楽しかったし、運良くオーディションに受かったテレビドラマが大ヒットし、一躍人気子役となり、まるでお姫様のように生きてきた。でも、大人になるにつれ、お芝居の仕事は減り、最近では深夜のバラエティがわたしの主な仕事となった。昔から馴染みのスタッフがケアしてくれているし不満はなかったが、「丁寧に扱われている感」がたまに自分を虚《むな》しくもさせた。バラエティのギャラなどたかが知れているし、唯一のレギュラーだった鹿児島の番組も先週終わってしまったのだから少し節約しないとかなと、考えながらも今日も紙の袋に入っているお気に入りの魚沼産のコシヒカリを買ってしまった。いいんだ、美味しいんだもん。スーパーで売ってるお米の値段を見比べて、少しでも安いものを選んで月々の食費を削るような生き方をできる人が羨《うらや》ましくも思うが、ここまでこうして生きてきてしまったわたしは今更そんな風にはなれなかった。

キッチンのカウンターに頬杖をつきながら、米櫃にぴったり入り切ったお米たちを眺めた。皆綺麗に同じ形でキラキラとした顔つきでこちらを向いていた。自分の代わりなんていくらでもいるような気がした。キッチンから見えるリビングの壁にかかっている時計を見た。10時05分。そろそろとみーが起きてくる時間だ。ご飯を炊こう。

今入れたばかりの米櫃からお米を一・五合取り出し、笊《ざる》へと移し、勢いよく水をかけてお米を研ぎ始めた。このシンクはわたしにはちょっと背が高い。どうせ自分しかキッチンに立たないんだから自分のサイズに合っているキッチンのマンションを選べばよかったな、とここに住み始めてからの7年間で何度思ったことだろう。

水を浴び、湿って少しだけ膨らんだお米たちをオレンジ色のル・クルーゼの鍋へと移し、一食分ずつ小分けになっている雑穀米の素を上から流し入れた。綺麗に同じ形で並んでいるコシヒカリたちよりもなんだかよくわからない形の豆の偽物のようなこの雑穀たちの方がオリジナリティが溢れていて羨ましいな、などと思った。

あーあ。また卑屈に物事を考えてしまった。今日は夜から久々のドラマの仕事だ。2時間ドラマのゲストだけれど、お芝居ができることが嬉しい。雑穀たちがコシヒカリたちと混ざりあうように菜箸でくるくると3回混ぜ、ル・クルーゼに蓋をして、IHのコンロの電源を中火で入れた。キッチン用のハイチェアに座り、2時間ドラマの台本を開きセリフの復習を始めると、あっという間にお米を浮かべたお湯が沸騰したので弱火にして、冷蔵庫についているマグネットタイプのタイマーを15分にセットした。その瞬間、とみーの雄叫《おたけ》びが家中に響き渡った。

「え、何!?」

驚いてキッチンを出ると、自分の部屋を飛び出したとみーが走ってきてわたしに抱き付いた。

「ねえ！　ちょっとありえない!!」

線が細くて華奢《きゃしゃ》なとみーの体を受け止めながら浮き出ている血管を眺めた。

「何？　どしたの？」

「あーむかつく、なんなの、本当におかしい、お話にならない!!」

「え、ちょっとちょっと、落ち着いて？」

「鈴ちゃーん!!」

さらに強くわたしに抱き付いてきた。これは話が長くなるぞと悟ったので、リビングにとみーを連れて行き、ソファに座らせた。「鈴ちゃん鈴ちゃん!!」と座ってもずっとわたしにしがみついてくる。

「んー？　どしたどした？」

と手を握ったまま隣に腰掛けた。

「今さ、電話をしてたのね」

「うん、彼氏？」

「えっとね、彼氏になりかけてた人」

「うん」

「あああもうダメ、ちょっと一旦落ち着かないとダメこれ、汗止まらない！」

「立ち上がらないで、座りな、とりあえず」

「ちょっと、ハーブティー入れて」

「はいはい」

「早くハーブティー飲ませて鈴ちゃん！」

「はいはい、なんなんだよもう」

わたしは怒り狂うとみーをリビングに残してリクエストのハーブティーを入れにキッチンへと戻った。とみーのお気に入りのカモミールの茶葉をポットの中に入れて、ウォーターサーバーからお湯を注ぎ、3分の砂時計をひっくり返した。するとパタパタとスリッパの音がこちらへと近づいてきた。

「なんだよー。リビングで待っとけよー」

「あのね、向こうからさ、言ってきたのにさ、あーもう本当に頭にくる！」

「待って待って、ちゃんと聞くからさ？　とりあえずお茶入るまで待って？　それでリビングで話そ？　ね？　今日わたし仕事夜からだから、ゆっくり聞くからさ」

「ふん、馬鹿」

「わたしに当たらないでよ」

「早くハーブティー」

「ちょっと子供じゃないんだから待ってよ」

「どこのハーブティー？」

「伊勢丹のだよ」

「え、買っておいてくれたのー？」

「うん、あんたこれないと騒ぐじゃん」

「鈴ちゃんってほんとに優しいー好きー」

とみーは伊勢丹が大好きだ。全ての基準を伊勢丹で考えている男だ。いや、オカマだ。わたしもまた、全てを伊勢丹で揃える女だ。いや、女優だ。服は伊勢丹でしか買わないいし、伊勢丹のポイントカードであるアイカードのポイントを貯めることに二人して生きがいを感じている。

「年間で使った金額でアイカードのランクが決まって伊勢丹の中のラウンジが使えたり、シークレットセールに行かれたり、何より店員の待遇が全然違うよねー」

これは我々の口癖だ。我々は出会いだって伊勢丹だった。アイカードラウンジでお茶をしていた時にたまたま席が隣になり、とみーがわたしに喋りかけてきてくれた。

「あのー、櫻井鈴さんですか？　えー僕超見てましたー」と子役時代のわたしのことを知ってくれていて、今もなおバラエティなどで見かけると嬉しいと言ってくれた。

そこで意気投合してそのまま3時間もお茶をしたのがきっかけで急激に仲良くなった。わたしは昔から人とすぐに仲良くなる。きっと職業病だろう。でもその分早く関係が終わってしまうことが多い。仲良くなると週に何度もご飯に行ったり、急激に距離が近くなってしまう。そうするとお互いに気を遣わなくなり、嫌な部分を見るまでのスピードも上がってしまう。結果あまり長く友人関係が続く相手が昔からいない。そんな自分の性質もわかってはいるのに、寂しがりなのもあって一人でご飯が食べられず、必ず誰かと食事に行ってしまうのが癖というのもある。誰かと住んでいたいのもそのせいだと思う。一人が不安でならないのだ。とみーともそんな理由で急接近して、仲良くなったが、うまくルームシェアまでいくことができたし、とってもいい感じのシェア生活ができている。もちろんそれは彼がゲイであることが大きな理由だとも思う。

「伊勢丹のハーブティーまだー!?」

砂時計はあと1分分残っていたので、それをわたしが無言で指差すととみーはしゅんと黙った。とみーに言わせると、「東京で一番店員の感じがいいショッピング施設は伊勢丹」なんだそうだ。だからとみーは嫌なことがあると、伊勢丹に行ってテンションを上げる。今日もきっとこのあと行くのだと思う。彼は時代ととても合っている気がする。その証拠にとみーのインスタのフォロワーが10万人近くいて、今では立派なインフルエンサーだ。そんなとみーとわたしは二人で一緒に住んでいることも公言しているので、お互いのファンがお互いのSNSをフォローしてくれて、お互いにウィンウィンな関係を続けている。二人で住んでいる方がインスタに載せる写真だってバリエーションが増える。インスタの数が安定していることが今のわたしの心の安定に繋がっていた。15万人の数を見るたび、「忘れられていない」と安心することができた。

砂時計が落ちきったのを見たとみーがハーブティーのポットを持ってリビングへ向かった。

「鈴ちゃんカップお願い」

「はいはいー」

わたしは自分用のカップととみー用のカップの中に蜂蜜を入れて、ソーサーに乗せてリビングへと運んだ。途中でティースプーンを忘れたと思って、キッチンに戻り、全てをお盆に乗せてリビングへと向かった。

リビングのソファに二人で座って、並んでカップにハーブティーを注いだ。

「はー。おいしい。ふー……ごめんね、馬鹿って言って」

「いいよ。落ち着いたの？」

「……待って、……もう悲しい!!」

「はいはい。落ち着いて話したいなら、落ち着いてから話して? 感情的になってもいいことないっていつも言ってるでしょー?」

「もーなんで僕っていつもこんな感情的になっちゃうの?」

「知らないよそんなもん」

「鈴ちゃんはいっつもそうやって落ち着いててさ」

「あなたよりはね」

「いいなぁ。僕がオカマだからなの? これ」

「関係ないよ。性格です、性格。すぐオカマ理由にしないで」

とみーは何かにつけて「これって僕だけじゃない? 僕がオカマだからなの?」と言ってくる。でもそれらはすべてオカマが原因ではない、彼の性格だ。と、自分が「子役」を言い訳にしていたこととの鏡のように思っている。そう、とみーのよくないところはわたしとそっくりなのだ。だから放っておけないし、とみーに優しく接することは自分に優しく接するようなものだったし、そんな自分だからこそ、求められている言葉だってすぐにわかった。

「あのね、いつもみたいな感じで出会ったのね、まず」

「ゲイのアプリ？」

「そう、ゲイのアプリ」

「ごめん、それさ、どういうシステムなの？」

「え？」

「ゲイのアプリ、わたしいまいち理解できてないんだけど」

とみーはいつもアプリで男性と出会っているらしい。その話を何度か聞いていたが、いまいちそのアプリが普通の出会い系と何が違うのかがわたしはわかっていなかった。

「だから、アプリに登録すると、そのアプリ入れてる人が、近くにいるとわかるようになってるの、GPSで。そういうのないと見た目男だからパッと見じゃわかんないでしょ？　だから男女みたいにすぐ出会えないじゃない、だからアプリで出会うわけよこっちの男の子は」

なるほど。

「でね、向こうから言ってきたの、『顔がタイプだから会いたい』って」

「うん、いいじゃんいいじゃん」

「でしょ、で僕会ったのね」

「うん」

「したら、なんかすごいお金持ち風でさ、」

「お、さらにいいじゃん！」

「そう、で、ごはんとかも奢ってくれていいなって思って、とりあえずその日は帰ってきたの、そしたら今日電話があって、奢った時の喜ぶ顔が足りないとか言われてー」

「ええー!?」

ここが大きなリアクションをして欲しいととみーが思っている部分だなと察して、わたしは目と口を大きく開けた。わたしのリアクションに乗っかるようにとみーは、

「ありえないでしょ？　それで1時間説教されて本当に嫌になっちゃって、人格否定だよ？　1時間！」

まあ1時間は盛ってるだろ、せいぜい30分くらいでしょ？　とも思ったがそんなこと言ったらまた怒っちゃうので、「えー？　そんなことあるー？　あんたがブスッとしてたんじゃないの？」くらいの返しにしておいた。すると、

「え、自分で言うのもなんだけど僕って普段から割とニコニコしてない？」

と最大のぶりっこでわたしに向かって言ってきた。とみーの可愛いところはこういうところだ。

「まあね、そうだねそうだね」

「でしょ、これ以上に何を求めてるのかわからない上にさ、それって奢った時の感謝される感じが欲しかったり、優越感に浸りたいだけでしょ?」

「ああそうかもねーそういう人多いからねー」

「ねえ、ほんとあれなんでなの? 絶対おかしい、なら奢ってくれなくていいし、てか優越感のための恋人作りじゃんそんなのさ! おかしい! 絶対おかしい! そんな愛ならいらない!!」

と喚《わめ》き散らすとみーを「はいはい」となだめた。でもとみーの気持ちは収まらず、

「もうこれ全部インスタに書く。ストーリーにあげる」

と言い出したので、「やめなさいよもう」と真顔で止めた。こんなにも365日恋愛のことばかり考えて、恋に全力で生きることができるとみーが羨ましかった。わたしは誰かに怒ったり、期待したり、悲しんだり、そういうことを人生の中に取り入れるのがすっかりめんどうになってしまっていた。でも、一人は嫌だ。だからこの男と一緒に暮らしている。自分でも自分が何をしたいのか、よくわからなかったが、とみーとの時間は楽しかったので、それはそれでよかった。あまり頻繁に恋愛相談をしないでさえくれれば。

「今日さ、伊勢丹行こ？」

ととみーに言ってみたら、とみーの部屋からうっすらＬＩＮＥの着信音が聞こえた。

「今ケータイ鳴ったよね!?」

ととみーがハッとして、自分の部屋へと走っていった。わたしとの伊勢丹よりも、感じの悪い上から目線の男とのＬＩＮＥの方がどうしたって彼にとっては大事なのだ。

真知子

スーパーから帰宅して、突然怜人くんに抱きしめられたまま、わたしは固まっていた。きっとたった10秒くらいなのに、その抱きしめられている時間が永遠のように感じていた。そして、

「ちょっと横になろっか？」

とベッドの方へと引っ張られた。ちょっと待って待って？　何？

「え、あ、あの！　わたしまだ手とか洗ってないし、」

「俺も洗ってないから大丈夫っしょ」

そう言ってお構いなしにベッドへとわたしを連れて行った。待って待って、そんな

タイプな顔の男の子にそんなことされたら、わたし、仕舞い込んでいた気持ちが溢れ出して大変なことになってしまう。ベッドにわたしを座らせると、怜人くんはわたしに「何して欲しい？」と尋ねてきた。どういう意味だろう？　と頭が真っ白になって、咄嗟《とっさ》に、

「頭を、撫《な》でて欲しい……かな……」

と答えた。自分でもそんなこと自分が言うなんて思っていなかったのだが、とみーがモデル撮影のためにうちに来なくなってから、男の子と二人きりの空間は初めてだったし、そもそもわたしは生身の男の人とこういうことになったことが人生で一度もなかった。一度でもこんなことを経験してしまったら、男の子が近くにいないとダメな自分になってしまいそうで、それが怖くて、中学時代に間違って飛び出してきた異性への異常なまでの情熱をすべて裁縫に注いできた。だからとみーとのとある一件があったあとだって大きく引きずらずに立ち直ることができた。でも、「頭を、撫でて欲しい」と咄嗟に答えた自分は、きっとずっとずっと異性からそうされたいと思っていて、そういう気持ちになった時は自分でどうにかしなくっちゃと思って、そういう時は自分のタイプな男の子にそういうことをされるのを妄想してきたから、現実への理想がどんどん高くなってしまっていた。そんな漫画みたいなことありえないから現

実の恋愛は諦めてこられたのに、今このめちゃくちゃ固く閉めていた蓋がいとも簡単に死ぬほどドタイプな男の子の手によって開かれようとしている。え、待って。「何して欲しい?」って聞いてきたってことは、わたし、何かして欲しそうな顔、していたのかな。そんな風に、もしかして中学のわたしがどんな風だったとか知られているのかな、もしそんなことがバレていて、度が過ぎたエッチな妄想ばかりしている女の子だと思われて、今日ここに来られていたら死んじゃいそうなくらい恥ずかしい。なら、今すぐ「やっぱり帰ってください」って言うべきだよね。そうしたら、そんなやつじゃないってことが証明されるもんね。でも、時すでに遅し。わたしは超タイプな男の子に抱きしめられながら頭を撫でられていた。怜人くんの頭の撫で方はとっても慣れた手つきで、きっとこの人は散々いろんな女の子とこういうことをしてきたんだろうな、とちょっとやきもちまで妬いてしまった。

「ねえねえ、お水もらってもいい?」

怜人くんがわたしの耳元でそう言った。耳にかかった息だけでわたしは気持ちよくなりそうだった。

「あ、うん。でもうちお水がなくって」

「いいよ、水道水で」

「えーでも浄水器とかついてないから…」

「じゃあお水じゃなくてもなんでもいいよ、キスしたくなったけど、口が乾いてるから、なんか飲んでからキスしたいだけだから」

「え？」

キスがしたい？　から？　水が？　飲みたい⁉

「え、それどういう意味のあれですかね…？」

わたしの質問に答えることなく、怜人くんの体がわたしから離れて、冷蔵庫の方へと向かった。「冷蔵庫開けちゃおー」と言いながら我が家の冷蔵庫のドアが開かれた。

「うわ、リンゴジュースしかないじゃん」

「ああわたしリンゴジュースが好きで……」

「へーキティちゃんみたいだね」

「え？」

「部屋もなんかキティちゃんみたいな部屋に住んでるしね」

怜人くんはそう言いながら、キッチンに置いてあったグラスに水道水を注ぎ、飲みながらこちらへと戻ってきた。「真知子ちゃんも飲む？」と聞かれたが、同じグラスで飲むことがすごく大きなことに思えて、首を横に振った。それ以上のことを想像しているくせに。「そお?」と言いながら、怜人くんはまたグラスを口元に持っていきながら、わたしの作業スペースを物色していた。怜人くんを目で追った先に、自分の作った衣装を着たトルソーが3体並んでいて、気持ちが現実に引き戻された。仕事の話になるかな、とちょっと安心した気持ち半分、残念な気持ち半分、そんな気分だった。

「こういうのも自分で作ってるの?」

「あ、はい、最近アイドルの衣装とかもちょこちょこ作ってて」

「へー俺結構好きかも」

「あ、本当?」

衣装を褒められたことが単純に嬉しかった。

「真知子ちゃんのことが」

好きと言われたのは衣装ではなかった。わたし本体だった。

「………………」

時が止まった。今のは、告白なのか? 恋愛の経験などないわたしには普通の女の子がこういう時、なんと答えるのかが全然わからなかった。でも、きっとこれは「普通」の展開ではないのだろうということだけは未経験のわたしでもわかった。水を飲み干した怜人くんがわたしの目の前にしゃがんだ。

「キスしますか？」

心臓が壊れてしまいそうだった。もう、自分の気持ちを抑えることは不可能で、ただただ黙っていると、「やだ？」と聞かれてしまった。でも、それにも何と答えていいかわからず、黙っていると、

「何も言わないからしちゃいますね」

と言ってあっさりキスをされてしまった。そしてもうそのまま、怜人くんに身を委《ゆだ》ねた。妄想の世界でしかなかったわたしの性事情が現実のものになった。甘い言葉を言われ続けられるその時間は、それはもう、とてつもなくいいものだった。

「で、大丈夫なの？」

行為を終えた怜人くんがパンツを穿《は》きながら尋ねてきた。まだ夢見心地なわたしに対して、怜人くんは普段通りに戻っていた。

「え？」

「いや、俺普通に心配でさ、Ｔｗｉｔｔｅｒの情報しか知らないけどさ」

「ああ、なんか最近Ｔｗｉｔｔｅｒ荒れてたからね、わたし」

「え、彼氏とかいないの？」

こんなことをしたあとになんていう質問をしてくるのだ。

「うん、今はいない。いたら流石《さすが》に会ってすぐこんなことしない」

「そうなんだ」

「今は」という見栄を張ってしまった。最中に怜人くんはわたしが初めてだと気がついていたかな…。え？　そうなんだって何？　怜人くんは彼女がいるの？

「え？　それってどういう意味？　彼女がいるの？」

「ううん、俺も今いないよ？」

よかった……。わたしはもう怜人くんを好きになってしまっていた。今更彼女がいるなんて知ったら気がおかしくなってしまうところだった。

「彼女はいないけど、俺はわりと会ってすぐ可愛かったらこうなってしまうことがあるよってこと」

「やだ？」

やっぱりこの人はわたしとは住む世界が違って、相当遊んできた人なんだ……。

「え？」

「黙っちゃったから」

嫌だよそりゃ……。でも、そういう怜人くんだったから今日会ってすぐこういうことになったんだもんね。他の女の子とどんなエッチなことしてきたんだろうと考えると嫉妬の感情が湧き上がり、その感情が余計に怜人くんへの気持ちを増幅させた。初めての感情にわたしは絶賛振り回されていた。そんな感情の渦の中を彷徨《さまよ》っているわたしに怜人くんはさっきまでと同じように、

「てか俺超心配してきたのね、今日」

「え？」

「いや、だってさ、急にTwitterで高校の時の同級生に連絡してさ、その日からずっとメールやりとりしてさ、なんか元気ない感じだったからさ、それって相当のなんかかと思うじゃん」

「ああ、ごめん、そんな心配かけたかったわけじゃなくって、なんか普通に懐かしくって、いろいろ話しちゃって」

「や、でもさ、急に高校の同級生に連絡してくるとかすげー精神状態なのかなって思うじゃん」

怜人くんはすごいそこの部分を過剰に押して言ってきた。

「え？」

「え、だってさ、5年くらい会ってない人に急に連絡するって友達とかにも相談できないような悩みあるとか、そういうやばい状況じゃない？」

そう言われてみれば確かに仕事がここのところ立て込んで、一人で抱え過ぎてパニックにはなっていたけれど、でもそんなに悩んでいるようなことはなかったなあと思いながら、なんとなく怜人くんの魂胆が透《す》けて見えてくるようになった。と同時にさっきまでの初体験のぽわぽわした気持ちが徐々にくっきりとしたいつもの自分の世界へと戻ってきた。

「あああ、ちょっと落ち込んでたは落ち込んでたけど」

「そうじゃん！　すげーそれ感じたし、俺」

さらに魂胆がくっきりしてきた。彼はこうやって人の心に入り込むのが上手《うま》い人間なのだな。「そうじゃん！」の力強さと強引さにその性格が滲《にじ》み出ていた。

「俺に連絡してくる女の子って大体なんか嫌なことがあったり、辛いことがあったりする子なんだよね」

「そうなの？」

「そうなの。俺ってそういうの引き寄せちゃうところあって、俺そういうの放っておけないんだよね。正義感あるからさ。守ってあげたくなっちゃって、真知子ちゃんのことも」

まずい。わたし、とんでもない人を家に呼んだかもしれない。と思う自分と、やっぱり改めて見ても顔がタイプだ、と思う二人の自分が共存していた。わたしが何も答えないのをいいことに怜人くんはさらに調子良く喋り続けた。

「そう、だから絶対なんかあったんだろうなあって思ってたし、普通に俺、岡崎さんのこと割と好きだったし」

「え？」

この昔から好きだった態《てい》はなんなんだろうか。「ありえないでしょ」って周りから思われるようなことも、「いやいやマジだから！」と目を逸らさず言えるタイプの人間なのだろう。ある意味最強だ。

「だから、心配になるし、今日からしばらくここいるよ、俺」

え？

「誰か傍《そば》にいた方がいい精神状況でしょ？　今」

なんでそんなにわたしをメンヘラみたいに扱うの？

「わかるわかるよ、僕もそういうことあるし、すげーそれわかるよ」

また抱きしめられた。この温もりは嫌じゃない。

「俺、しばらくここいるわ」

わたしの初めての彼氏らしき存在は、デートを重ねて、告白されてできたのではなく、このように言われるがまま、相手の言っていることの様子がおかしいとわかってはいながら、顔がタイプで断れず出来上がった。

「ここいるの嫌だ？」

「え、いや、ううん、あ、ありがとう」

ありがとう？　と自分で自分に思った。

「もっかいエッチする？」

「あ、うん……」

「真知子ちゃんってさ、えっちだね」

わたしのそういう部分を見せられる相手ができた。そう思えば、一人でいるよりよかったのかもしれない、と二度目のセックスをしながらわたしは思った。異性に対する自分の思いに目を瞑《つぶ》って生きるより、妙に冷静で人の魂胆まで目を凝らしてしまう方の自分の目を瞑って、可愛い男の子と暮らしたってバチは当たらないだろう。

美和

たいちゃんがＤＶＤを見ながら納豆ご飯をファンタオレンジで流し込んでいる横で、あたしは鏡に貼り付けてあった付け睫にこびりついていたノリを剝がしていた。だいぶよれてきちゃったけど、あと2回くらいは使えるかと思いながら新しいノリをつけているとふと元カレへの振り込みを忘れていることに気がついた。まずい、今何て言って外出しよう、と頭をフル回転させてとりあえず緊急な感じの驚きの声をあげて、会話の中で誤魔化すことにした。

「わ−!!!!!」

「何ー？　びっくりすんだろーが急に」

「ねえ！　今日何日!?」

「え？」

「今日！　何日!?」

「10日」

「うわ！　やば！」

「え？　何？」

「振り込み振り込み！」

「は？　え、ちょっとお前その顔で外行くの？　ルール違反やろ」

たいちゃんはすっぴん、もしくは化粧途中での外出を嫌う。そのため、顔が完成していない場合の緊急外出はサングラスをかける、というルールを二人で作っている。

「あ、かけるかけるサングラスかける！」

「じゃあこれ貸してやるよ、最近ドンキで買ったやつ」

「なにこれ、かっこいい！」

たいちゃんが持っているものはあたしにとってなんだってかっこいい。そしてたいちゃんはいつだってなんだってあたしに貸してくれる。自分の大切なものを貸してくれるなんてあたしは大切にされているな、と思った。だからこそ、この瞬間その優しさを受け取るのはちょっと心が痛かった。半ば強制的に追い出した元カレに未練も何もないのだが、あとからぐちぐち言われたり、急に家に来られたりするのが嫌過ぎてあたしは毎月生活費を振り込み続けているのだ。もちろんそのことをたいちゃんは知らない。たいちゃんには隠しごとはしたくないし、して欲しくもない。でもこのことだけは言えなかった。たいちゃんごめんね、でもね、嫌いだから振り込んでるんだあたし。たいちゃんを傷つけないための嘘を続けた。

「つかやばいわ、12時までに振り込まないと」

「何の金？」

こたつの上に転がっている美顔器が目に入ったので、「美顔器美顔器」と指差しながら答えた。

「は？　また買ったの？」

「え、違う違うそれそれ」

「何お前まだこれの金払ってんの？」

たいちゃんにそう言われて先月も同じ嘘をついたことを思い出した。ま、いいか、高い美顔器ってことにしておこう。

「つーかこれいくらなの？」

「30万」

「は!?」

どう見ても3万円くらいで買える美顔器だ。ここで美顔器の話をこれ以上するとボロが出そうと思ったので、

「やばいやばい、時間超えると利子増えちゃうから！」

と言って走って家を出た。

「馬鹿じゃねーのお前！」

と背中にたいちゃんの声が当たった。神様に「ごめんなさい！ 見逃してくださ い！ たいちゃんとの幸せ奪わないでください！」と謝罪とお願いをしながら駅前のATMに走った。たいちゃんの言っていた通り外はとっても寒かった。駅に向かって走りながらなんとなくいつもよりマスクをしている人が多いような気がした。確かにマスクした方が顔あったかいもんね、と思い、さっきたいちゃんが花粉でくしゃみをしていたことを思い出した。帰りにマスクを一箱買って帰ってたいちゃんにあげようと思った。

ATMにつき、登録してある「朝井《あさい》怜人」の振り込み先を選択して手際よく5万円振り込んだ。本当に何やってんだろうと思ったが、マジで怜人のあの感じを思い出すだけで無理で、「金くれるって言ってたじゃん」と言われるよりは振り込む方がマシに思えた。別れの喧嘩の際一刻も早く家から出て行って欲しくて、「生活費も毎月振り込んであげるから」と適当に言ってしまった自分のせいだが、お金振り込んでいればあたしが優位に立てて何も言わせないことができると思い5万あげていればあたしの幸せの邪魔しないでくれるのならば安いもんだった。それに怜人と住んでいた時はあたしが全額家賃を出していたけど、今は半分たいちゃんが出してくれているからどうせ毎月4万は浮いていたし。あたしは本当に別れ話が苦手だった。「嫌い無理」となったら一瞬たりともそいつと一緒にいられないのだ。その自分のストレスをなくすためのお金だ。ATMの小さな鏡に映った自分を見たら口元にニキビができていた。最悪、たいちゃんに嫌われちゃう。

振り込みを終えて隣の薬局へと入ってマスク売り場を見ると、いつもより品薄になっていて、7枚入りの割高なものしか売っていなかった。でもたいちゃんの花粉症のためだと思い手に取り、レジの近くにあったニキビの薬とビタミン剤と一緒にレジへと持っていった。

2020年3月14日のわたしたち

七瀬

　この日もわたしは慎太郎の相手をしていた。このところ、慎太郎のお腹《なか》にさらに肉がついた気がする。ぽよんぽよんで可愛いなと思いながら触っていたら、お父さんに抱きつく子供ってこんな感じの感覚なのかなと思った。わたしはお風呂上がりのお父さんとかに抱きついたこと、子供のころからなかったなあ。

「ああダメだ、イク……」

と慎太郎がわたしを抱く腕に力を入れた。そして、「あれ言って？」と甘えた声で言ってきた。慎太郎は普段は上から目線でわたしを馬鹿にしてくるけれど、セックスの後半、特にイク寸前になると子供みたいに甘えた声になる。わたしはそれがたまらなく好きだった。でも、そこを愛おしいと思っていると今日もあのわけのわからないフレーズを言わされる時間がやってきた。

「俺が一番面白い？」

慎太郎が店に来るようになって１ヶ月くらいが経った頃から、イク時に必ずわたしにこれを聞いてくるようになった。最初は慎太郎も少し恥ずかしそうに「俺、面白い？」と小さく聞いてきて、よくわからなかったので肯定したらいいのかなって思って「うん」と答えていたのだが、徐々にわたしに慣れてきたのか、心を開いてくれたのか、大きく甘えた声で「俺が一番面白い？」と聞いてくるようになり、わたしも大きな声で、

「慎太郎が一番面白い役者ー！」

と言い、最終的に、

「あ、ダメだ、イクね、あああああ俺が一番面白い役者だあああああ」

と、絶叫しながらイクようになった。いろんなお客さんはいるがなかなかに不思議なイキ方だ。毎回必ずこれを言うほど、気持ちの良いフレーズなのだろう。でもさすがに最近の叫び方は怖いので、

「ねえ、そのイク時に『俺が一番面白い役者だー』って叫ぶのやめてくんない？　怖いから」

と言ってみたら、「金払ってんだからいいでしょ、何しても」と言われてしまった。

まあそりゃそうか。

「いいけど、なんなのよ、そのイキ方、てかわたしあなたが役者してるとこ見たことないから面白いかわからないから。気持ちこもんないわー」

そう、わたしはやるからには真面目にやりたいタイプなのだ。慎太郎のイク熱量にわたしの熱量が最近追いつかなくなってきている。喜ばせるのが仕事のわたしにとってこれは致命的だ。

「昔見てるでしょ？　俺テレビバンバン出てたから」

「あーうち貧乏だったからテレビなかったから」

「え、いまどきそんな貧乏な家あんの？」

自分の過去の話はなるべく人にしたくない。特に好きな相手には。

「うちの話はよくって、あんたの話でしょって」

「え？」

「だから、わたしあんたが面白いかどうか知らないから、気持ち込めてイカせる時のセリフ言えないから、なんか見してよ」

「イカせるの仕事なんだからそこは演技してよ」

今のままでは喜ばせられていない気がしていた。こんなんじゃわたしじゃない風俗嬢に、他の子に言われるのだっていいじゃないかと思ってしまう。わたしがいいんじゃなくってそのフレーズを言ってくれる子なら誰でもいいと思われてしまっては寂しい。だから真面目にやりたい。演技にだって限界ってもんがある。実感を持って言いたいのだ。

「いや、わたしそういうのは風俗嬢として真面目にやりたいの、わたし意外と真面目だからさ、だからちゃんと見て、面白いって思ってから言いたいから。そしたらもっといいの出るから」

そう、もっといいのが出したい。慎太郎は真面目に話すわたしを見て、きょとんとしていた。

「は？」

「もっといい『慎太郎が一番面白い役者ー』が出るから」

「十分出てたよ」とため息まじりに言うので、「いやいや、出てない、そこはちゃんとやらせて」と食い下がった。

「めんどくせーな。いいんだよ、俺がどんなセリフでもちゃんと受け止めてんだから。こっちが役者なんだから」

そっちが役者なのはわかるが、納得はできなかった。

「なんか年始に映画撮ってたじゃん、そろそろ公開にならないの？」

「あーあれ延期になったから」

「は？」

「若手監督が編集途中で逃げたらしくて」

「はあ？」

「だからいつ公開か未定」

「ちくしょー若手監督め!!」

わたしは全ての怒りをその見ず知らずの若手監督にぶつけた。

「何でお前がキレるんだよ」

「キレるでしょ、そりゃ、わたしの気持ちがこもるか、こもらないか、がかかってる作品なのにさ」

「いや、別に風俗嬢にそこまで求めてねーから」

と言いながらも、なんとなく慎太郎が嬉しそうにしているようにわたしは思えた。

勘違いじゃないといいな。

体の相性がいいとか、話していて心地よいとか理由は様々だけれど、わたしは慎太郎と一緒にこの部屋にいる時間がとても好きになっていた。とっても安心する時間になっていたからだ。でもそんなことを思っているのはわたしだけで、慎太郎からしたらわたしはただの風俗嬢で、お金を払って「慎太郎が一番面白い役者ー」をそれなりにいい感じに言ってくれれば誰だっていいような、そんな相手に過ぎないのかもしれない。しかもわたしは息子がいることだって言っていない。もちろんここはわたしが自分のプライベートを話す場所ではないので、言っていないのは当たり前のことだ。わざわざ指名している女の子が子持ちなことなどよっぽど変な性癖の人以外知りたくはないだろうし。でも、わたしはこの安心する時間を過ごせば過ごすほど、そのことを彼に言っていないことがなんだか後ろめたい気がしていた。こんなことを考えているのが自分だけなのか、彼もわたしに特別な感情を抱いているのか、今すぐにでも聞きたかったが、聞けるわけもないので、せめて「慎太郎が一番面白い役者ー」を誰よりも気持ちを込めて言いたかった。七瀬ちゃんが一番と思ってわたしを指名し続けて欲しかった。しかも店が来月から休みになって、しばらく会えなくなってしまうから余計にわたしは焦っていた。その間に別のお店の子に気持ちが移ってしまったらどうしよう、と。

「なーんでこんなもどかしいタイミングで緊急事態なんとかになるのかねー」

慎太郎がシャワーを浴びている時に、ぼそっと独り言を言ってみた。最近嫌でも目に入るようになった聞いたことのない単語がニュースで飛び交っていた。

鈴

伊勢丹で買った色違いの布マスクをつけて、とみーと映画を見てきた。しばらく映画館も閉まるかもしれないというニュースを今朝見て、二人で「今夜行っておこう」という話になり話題の邦画を見てきた。さほど面白くはなかったのだが、途中心臓が止まりそうなくらいびっくりする姿をわたしは画面の中に発見し、映画館で思わず声を上げてしまった。

「てか超ビビったんだけど」

「いや、映画館の隣の席であんなに『あー!』って声出した鈴ちゃんに僕はびっくりしたよ」

「ごめんね、でも出るでしょ、声。だって映画見てたらさ、エキストラの中に元彼出てくると思わないじゃん!!」

そう、元彼の慎太郎がほぼエキストラのような役で映っていたのだ。帰宅して、玄関でお互いの服に除菌スプレーを振りまきながらお喋りが止まらなかった。

「まあね、普通の人ならともかく元彼さんも子役からの役者さんなんだもんね」

「そう、もともと子役時代に共演してて、わたしが高校時代から付き合ってたからさ」

とみーと暮らし始めて半年になるが慎太郎との生活について詳しくは話していなかった。少し話したら「わかって欲しい気持ち」をとみーにぶつけてしまう気がしていたからだ。でも、この日は話さずにはいられなかった。少しテンションがおかしくなっていて言わないでいいことまでぺらぺら喋る自分になっていた。

「すごいよね、10年も一緒に住んでたってことでしょ？　よく別れられたよね」

「もともと向こうの方が子役時代は売れててさ、でもやっぱ子役時代売れてそのまま売れ続けるのって大変だからさ、わたしも向こうもだんだん仕事なくなってきて」

「うん、でも鈴ちゃんは今もちゃんと生活できるくらいお仕事あるじゃない」

「わたしはね、昔の伝手《つて》でバラエティ入れてもらったり、お芝居以外もやってきたからね、でもまあ前にも話したけど、それが原因で別れちゃったからさ」

「男の子はプライドがあるからね」

わたしがちょっと嫌味なニュアンスを含ませて元彼の話をすると、とみーは決まってちょっとだけ男側の肩を持つ。なんでよお、わたしの話聞いて欲しいのに。わたしの説明の仕方が悪いのかも、と思ってもっと詳しく喋った。

「え、でもさ、だってずっと生活費とかわたしが払ってたのに、てか生活していくためにこっちも仕事選んできてたのにさ、わたしに仕事決まるたび家でぐじぐじ言われたりさ」

「それは仕方ないよ、同じ職業で自分より売れてたら嫌なもんだよ、嫉妬はあるよ」

なんでー。絶対とみーも慎太郎と付き合ったらわかるのに！

「いや、だってわたしだいぶ耐えてたと思うんだけど」

「まあもちろんもちろん、鈴ちゃんが正しいけどね」

「そうじゃん」

よかった、わたしが正しいって思ってくれてて。と安心したのも束の間、

「でもそこは女が大人になってあげないと」

とみーは男女の喧嘩の話を聞くと決まってこのフレーズを言う。

「はい、出た出た」

「え？」

「出たよ、オカマ、そういう時あんた絶対男の肩持つよね」

「オカマ関係ないでしょ」

一番わかって欲しい相手に自分の話のニュアンスが正確に伝わらずもどかしかった

ので、「ぷー」と口を膨らませてとみーの方を見たら「かわいくない」と言われた。仕方ない。わたしだって「オカマ」とか言ってるんだから。コートを掛けて、二人一緒に洗面所に手を洗いに行き、それぞれのシンクで手を洗いながらお喋りはまだ続いた。

「それに全部が嫌だったわけじゃないでしょ？　お仕事決まった時の嫉妬くらいかわいいもんじゃん」

「え、違うのー、言い方とか態度あるじゃん、絶対ニュアンス伝わってないこれ」

「いや、わかるって」

「違うの違うの、あーもう見せたいあの感じ、だってさ、わたしが働かなくって、二人して仕事なくなったらどうすんだよって感じじゃん、一回それなりの生活しちゃってるから二人とも生活水準下げられないし」

途中うがいで喋れない瞬間を挟んでも、ガラガラの時は黙るものの、口から吐き出した瞬間から会話のテンポはうがい前の状態にすぐに戻った。本当にとみーとわたしはずっと喋っている。

「まあね、でも全部自分がやりたいわけでしょ、支えたいわけでしょ、向こうは」

「そう、でもできてねーじゃん、仕事ねーじゃん」

「まあまあ、落ち着いてよ、その点僕たちは喧嘩ないね、まあ仲良しカップルじゃないからか」

と得意の引き笑いで笑いながらとみーは自分の布マスクの写真をインスタ用に撮っていた。撮影を終えたマスクを二人ともシンクに張ったお湯につけて、洗剤を垂らし浸けおきをした。

「僕本当に鈴ちゃんが綺麗好きな人でよかったわー」

「え？」

「いや、今こういう時期にマスクしないでいけるっしょみたいな人と一緒に住んでたら無理だったわ～ウイルスリテラシー合わないと、きついよねー」

確かに、こんなご時世にウイルスリテラシーが合わなかったら地獄だ。もしも今、慎太郎と住んでいたらどうなっていただろうか。そこはお互い役者だからうまくいったのかな。でも、「収録でコロナもらってうち帰ってくんなよ」とか嫌味を言われていただろう。そう思うとつくづく別れていてよかった、と思った。「まあそもそも綺麗好きじゃなかったら一緒に住んでないけど～」ととみーが独り言を横で言っていたが、あんなにバラエティ番組にわたしが出ることを否定していたあの慎太郎が映画のエキストラをやっていたことをまた思い出し、笑っていないとやってられない気持ちになった。心の底から笑いたかったわけじゃない。嫌いで別れたけれど、一度は心から愛した相手だ。あんなにわたしを否定したのだから、せめてかっこよく業界で生き残っていて欲しかった。エキストラやるくらいなら、俳優辞めればいいのに。

「何ー？　ちょっとまた元彼さんのこと考えてんでしょ鈴ちゃん、もうニヤニヤしちゃって本当に意地悪女だね！」

とわたしの表情を読み取ったとみーが言ってきた。違うよ、なんか笑ってないと悲しくなっちゃうんだよ。だからわたしはまたおもいっきり笑いながら、

「だってさ、わたしにさ、バラエティとか役者がやるもんじゃないとか散々文句言ってたやつがエキストラで映画出てたとかやばくない？」

と言ったら、

「もーかわいそうそんな笑ったら、彼も必死なんじゃない」

と言われた。そう、その通り。笑っちゃいけないの、必死な彼を。でもね、彼のプライドに直面すると、このリアクションをとることしかできないんだよ。あまりにも胸が痛くて。

マスクの除菌を終えたとみーが「さ、お酒買ってきたんだから飲もうよ冷蔵庫にチーズあったよね？　僕チーズ準備しまーす」と言ってキッチンへと走って行った。そ

う言えば今日、3月14日、ホワイトデーだなあと思った。

真知子

地下アイドルの衣装の仕事は納期がめちゃくちゃだ。衣装家は人間だと思われていないのではないか、と感じることが最近多々ある。なんか変なウイルスも流行っているし、体調管理しっかりしましょうという世の中の流れがあるのに、「寝ないで作れば間に合いますよね？」というスタンスは相変わらずだ。アシスタントを雇うほどのお金はまだもらえていないので一人でやるしかないけれど、どんなにミシンのスピードを上げても間に合わない。昨日もほぼ寝ていないのに今日ももう夜だ。8人グループの衣装が7着目まででき上がり、最後の一着の裾にレースを付ける作業をしてると、一日中ベッドで漫画を読んでいた怜人くんが数時間ぶりにわたしに話しかけてきた。

「まだ仕事終わらない？」

そうだよね。一緒にいるのにずっとわたしミシンしてて隣で漫画を読んでるだけなのってつまらないよねごめん、と思った。でも怜人くんはこういう日もずっとわたしの家にいる。飽きないのかな？　かれこれ二週間くらい一度も自宅に帰らずうちにいる。一月に怜人くんが初めてうちに来て、付き合うようになってから少しずつ怜人くんの荷物がうちに増え始めた。「荷物置いてる方が安心でしょ？」と怜人くんは言ってうちに少しずつ服などを置いていくようになっていた。確かに何度泊まりに来てもわたしの部屋着を借りているよりは、こうして自分のものを置いていってくれる方が「またすぐ来たいと思ってくれているのだな」と思えて安心するもんなのかもしれない。それにしてもさすがにこんなにわたしが仕事しかしていない日に隣でごろごろしているだけなのは何が楽しいのかなと思っていた。「あーうん、もうちょっとかかりそう」と答えると、「はーい」と言って不機嫌になる様子もなく怜人くんはわたしの本棚にある鳥飼茜の漫画を読み続けていた。はじめの頃は「自分の恋愛経験がなさすぎて、拗《こじ》らせすぎていてやばい男を好きになってしまったのではないか」と不安にも思っていたが、こうも放っておいても何も言わないし、ご飯を出していれば喜ぶし、デートにもさほど行きたがらないし、なんか自分には合っているのかもと思うようになっていた。何よりも怜人くんとは体の相性がよかった。ダメだ、あまりそっち方面のことを考えだすと綺麗にレースが付けられなくなってしまう。気持ちをしっかり仕事モードにしてミシンを走らせた。

「ご飯買ってこようか？」

しばらくして怜人くんがまた話しかけてきた。今日はいつもより頻繁に話しかけてくるな、と思った。ここ数日この仕事にかかりっきりで、二人で食べるのはオリジン弁当ばっかりになっていた。

「あ、先に食べちゃってもいいよ」

「終わるまで待ってるよ、買ってくるから一緒食べよう？」

「うん、あ、お金払うよわたし」

「いいよいいよ」

「えーでもそういうのはちゃんとしないと」

人と付き合ったことがないわたしは食事やデート代をどちらが払うのかあまりよくわかっていなくて、誕生日でもないのに奢ってもらうのはなんだか悪い気がして、しかも怜人くんは洗い物や掃除はやってくれる人だったからご飯代はわたしが払った方がいいのかなと思って基本的な食事代はわたしがいつも出していた。だからこの日もいつも通り、自分のお財布からお金を出して手渡そうとした。

「俺が奢ってあーげる」

お金を受け取らず怜人くんが言った。

「今日ホワイトデーだから」

「え？」

「ホワイトデーだから、僕が買ってあげるよ、お弁当」

あ、今日3月14日か。恋人がいると、今日って特別な日なのか。

「え、ほんと？　ありがとう」

そう思ってくれていることが純粋に嬉しかった。

「本当はどっかにご飯連れてってあげようと思ったんだけど」

「あーごめんね仕事終わんなくて」

「いいのいいの、お弁当買ってあげる」

すべての語尾が「あげる」なのだけ気にはなったが、それでも嬉しかった。

「買いに行くの大変じゃない？　Ｕｂｅｒする？」

「いいいい、配達料もったいないし。何がいい？」

「何でもいいよ、任せる」

「飲み物は？　リンゴジュース？」

「うん、ありがとう」

「じゃあお弁当買ってきてあげまーす！」

面白いと思ってその語尾にしてるのか、と思って笑っておいた。

「うん、ありがとう」

「お仕事頑張ってー」

「うん、お弁当お願いします」

自撮り棒のくっついたスマホを持って怜人くんは玄関を出た。わたしは怜人くんが帰ってくるまでにこの最後の一着を終わらせようとさらにミシンのスピードを上げた。

そんなに広くないワンルームにわたしの仕事道具と怜人くんの荷物が混ざってうちの中は最近かなり収納場所が足りなくなっていた。このままもし二人で同棲をする、ということになったら二人用の家を借りたりしなくちゃ無理そうだな、そういうのってどっちからどうやって提案するものなんだろう。わたしが住んでいるこの家の家賃が8万円で、怜人くんはどんな家に住んでいるのか知らないけれど、大泉学園の方に住んでいると言っていたから6万円くらいとして、二人合わせたら14万円のところには住めるってことか。だいぶ良さそうなところに住めそうだな。それにわたしはもう少し広い作業場が欲しいし、家賃10万円くらいまでなら出す余裕が今はありそうだから15、6万の家賃のところを探せば二人でかなり快適に暮らせるな、と考えていたら縫わなくていいところまでレースを付けていた。一旦ミシンから衣装を外し、リッパーでレースを外そうとしたら玄関が開いて怜人くんの声がした。

「悪い、財布忘れた」

　そう言えば怜人くんってどんなお財布使っているんだろう、っていうくらい彼のお財布を見たことがなかった。てっきりお財布を持つのが嫌でスマホケースにクレジットカードとか入れているのかと思っていた。お財布持ってたんだ。

「ちょっと、これ靴脱ぐの面倒なやつだから取ってもらえる？」

「どこー？　どんなやつ？」

「ベッドのとこかな？　紺色っぽいやつ」

「あ、これか」

「ありがとーう」

「はい」

　怜人くんにお財布を手渡しながら、レースも付け間違えてたし、ちょっと休憩しようかなと思い、「ちょっとわたしも気分転換に外行こうかな」と言って近所用の夏のサンダルを履いた。

「え？」

「あ、てかそれならわたし買ってこようか？」

「え、ダメだよ、そのまま外出たら」

と怜人くんの顔が曇った。やばい、まだ3月なのに裸足で外行くのとか引かれたかな。あ、っていうかわたしずっと家の中にいたから髪の毛とかもぼさぼさなのか。こんな状態で外に行く彼女嫌か、と思って「あ、ごめん汚いか」と笑ったら、急に両胸に怜人くんの手が当たった。

「え?」

「いや、下着つけてないでしょ」

「うん」

「ほら、ブラジャーしてないじゃん!」

怜人くんが一気に不機嫌な顔になった。

「あ、え、でも上着着ちゃえばわかんないし」

「やだ、ダメ絶対、ダメこのまま外出ちゃ」

「近所行くのなんて女の子みんなブラジャーしないよ」

「するよ普通」

駄々をこねる子供のような声色で、嫌がっていた。え? どうして? 真夏でTシャツ一枚ならまあわかるけど、コート着ちゃえば全然わからないよ?

「えーそうなのかな? 怜人くん前に付き合ってた人みんなしてた?」

　さらに顔が曇った。怜人くんは前の彼女の話になると嫌な顔をする。わたしには前の恋人がいたことがないので、昔のことを聞かれて嫌な気持ちになる心がわからなかった。

「そんな前の人とかどうでもいいんだよ、とにかくつけて、ごみ捨てに行くだけでもブラジャーはつけて」

「え、ごみも？」

「ごみもだよ」

「あ、はい」

「誰が見てるかわかんないからね」

「はい」

「あと、前の彼女の話とかしないで」

「どうして？」

「前の彼女の話とか聞きたくないって思って欲しい。普通に聞けるのっておかしいよ」

　そういうもんなのかな？　だって前の人は前の人でしょ？　好きじゃなくなったから別れたわけでしょ？　なら嫉妬する相手じゃなくない？　今はわたしが好きなんで

しょ？

「じゃあ俺オリジン行ってくるから」

「あ、うん、お願いします」

「鍵してね」

「うん」

わたしの顔が納得いかない様子だったのか、それを察して、

「心配だから言ってるんだよ？」

「あ、うん、ごめんそうだよね、気をつけるね」

「うん、じゃあ行ってくるからね」

わたしの頭をポンポンと撫でて、怜人くんはオリジン弁当へと向かった。恋人のことはまだまだわからないことが多いなと思った。恋人とは「性的な部分をさらけ出せる唯一の相手」というだけではなく、お互いの相手に対する要望を言葉にして伝え、許容していく関係性なのかもしれないと24年も生きていてこの時初めて知った。

美和

数日前から風邪っぽくて、バイトを休んでいた。ちょっとくらいの体調不良全然気にしないし、リポD飲めば大丈夫になるのに、リポDを３日連続で飲んでも今回はなんだか回復しなかった。風邪じゃないのかな？　とも思ったけど、熱があるわけでもないし、寝ていれば治るだろうと思ってお風呂にも入らず朝から毛布に包まって気がついたら夜になっていた。このところ生理が遅れていて何度か気分が悪くなり吐いたりもしていた。風邪じゃないとしたら婦人科系だろう、ということが自分の体だからよくわかった。本当に女って面倒くさい。生理の期間って毎月みんな仕事とか休みでいいっていうルールにして欲しい。仲良しグループで集まった時だって、必ずと言っていいくらい誰かしらが生理で具合が悪い。生理の時は仕事なしがいいし、仲良しはみんな同じタイミングで生理が来るシステムにして欲しいと高校生の頃からずっと思っている。プールとか海とかみんなで行くのほんとに大変だし、生理になっちゃった子がほんと可哀想。それだけでも大変なのに、生理が遅れるとさらに体調が悪くなって最悪。情緒も不安定になってちょっとしたことでも悲しくなって、もう自分の感情に振り回されるのが嫌になる。数ヶ月前も生理の時突然あたしが泣き出してたいちゃんが「どした美和ちゃん！」と困っていた。たいちゃんはいつだってあたしに優しい。でも、生理のことや、こういった不安はきっと理解ができないだろうからあたしも多くは求めず、そういう日は一緒にいる時間も眠るようにして、あまり喋らないようにしていた。たいちゃんがそんなつもりで言っていない一言だって、生理のタイミングで聞くと「え！　思いやりない！　冷めたい！　ひどい！」と勝手に孤独を感じて涙が出る傾向が自分にはあって、時間が経って冷静に考えてみたら「どうしてあんなことであたし泣いたんだろ」と自分でも不思議に思えるが、リアルタイムで直面している時はどうしても悲しい方の感情に流されてしまう。だからあまり会話をしないようにしていた。困らせたくもないし、自分も泣きたくない。去年生理の日にたいちゃんと一緒に行ったバーミヤンであたしが頼んだ海老蒸し餃子をたいちゃんが全部食べちゃって号泣した時に、本当に生理の日の外食はやめようと心に誓った。「もっかい頼めばええやん」と言うたいちゃんが100パーセント正しいのに、なんか出来事が過剰に頭の中で変換されて「美和に先に食べさせてあげたいってなんで思ってくれないの？　美和のこと大事じゃないの？」となってしまった。自分でもわけがわからないが、その時は真剣にそれが悲しかった。だって海老、大好物なんだもん。

こんなにバイトを休んでいたらたいちゃんに嫌われちゃうかもという焦りもちょっとあって、とにかく早く治したかった。なのにさっきから咳も止まらずお腹も痛かった。

「おい、大丈夫？」

心配そうにたいちゃんが話しかけてきてくれたがすぐに言葉が出なかった。

「んー」

「バイトは？」

「今日休んだ」

「最近体調不良多くね？」

そうだよね、バイト休む女嫌だよね、たいちゃん嫌いにならないで。だめだ、このまま話していたらまた女性ホルモンに振り回される。ホルモンが悪さをする前に寝ちゃいなあたし。

「んー、ごめん」

「いや、いいんだけど大丈夫？」

「ちょっと寝るー、たいちゃんバイト行く時起こしてー」

「おう、寝な寝な」

とたいちゃんが布団をかけ直してくれた。「ありがと」とたいちゃんの顔を見たらマスクをしてた。そしてまた咳き込むあたしに、

「え？　ちょっとまじで大丈夫？　コロナじゃないの？　お前」

と少し焦った様子で言ってきた。

「違う違う、大丈夫」

「え、心配なんだけど、熱は？」

「なかったなかった」

「熱出ないコロナもあるらしいよ？」

「若い人は大丈夫だよ、そんな心配しなくて」

やたらとコロナを心配していた。たいちゃんはとにかく体調不良でバイトに行かれなくなることを嫌っている。だからこんなに散らかった部屋で暮らしていても手洗いとうがいは欠かさない。我が家には掃除機もなくて、基本的に二人とも窓もカーテンも開けない。部屋の中にあるものがほぼ全て奇抜な色なので、外の光が入ってこなくても十分部屋が明るいからだ。部屋を片付けないことについてたいちゃんは「このくらい散らかったところで暮らしてる方が免疫つくっしょ」と言っている。あまり清潔な部屋に居過ぎると免疫が下がってしまい、風邪を引きやすくなる、という持論があ

るらしい。実際にたいちゃんの家族は誰も片付けが好きじゃないらしく、実家も散らかり放題で、そんなところで育ったおかげで兄弟は皆、体が強いらしい。インフルエンザにも過去一度もかかっていないそうだ。かっこいい。コロナが流行り出してからも、帰宅するたび手洗いうがいをきちんとするたいちゃんは、

「家にさえウイルス持ち込まなけりゃこっちのもんやからな！」

とずっと言っていた。本当にその通りだなと思ってあたしもたいちゃんを見習っていたのに体調を崩して情けない。でも生理不順は手洗いうがいでは治せない。そのことをたいちゃんにわかって欲しかったけど、仕方がない。

「いや、お前まじで体弱いから心配だわー」

「ごめんね、ちょっとだけ寝かして？」

「おうおう、寝ろ寝ろ」

と、今度はあたしの顔が隠れるくらいまで毛布をかけてきた。

あたしは散々寝ていたのでなかなか眠れず、寂しい気持ちにならないように毛布から出ている目でうっすらたいちゃんの行動を見ていた。たいちゃんはスマホで何かを真剣に調べていた。そしてしばらくして顔色を少し変えて、トイレへと消えていった。どうしたんだろうなと思っていると、トイレからすごく小さいうがいの音が聞こえた。

風邪うつされるのが嫌だね。大丈夫だよ、たいちゃん、もっといつもみたいにおっさんみたくうがいしていいよ。たいちゃんが戻ってくる前にたくさん咳を出しておこうと思って咳をし始めたらむせてしまい、しばらく連続して咳が出てしまった。その音を聞いたたいちゃんはトイレから出てきて、

「マジ大丈夫なの？　コロナじゃねーの？　救急車呼ぶ？」

としつこく聞いてきた。

「平気平気、まじで平気」

「まじで？　お前」

「熱ないし、さっき吐いただけ」

「何？　吐いたの!?」

「生理が遅れてて、婦人科系」

「え、お前妊娠じゃねーの？」

たいちゃんの声のボリュームがさっきまでより上がった。

「違うっしょ」

「え、妊娠じゃねーの？」

なんかちょっとだけ、いつものたいちゃんより頼りなくて、思いやりがない人の言

葉に感じた。でもこれもあたしのメンタルのせいでそう聞こえているのかなと思った。

「違うよ、普通に具合悪いだけ」

「そお？　なんか買ってくる？」

ほら、いつもの優しい、頼りになるたいちゃんじゃん。

「大丈夫ー」

「なんか欲しかったら言って、ポカリとかマカデミアチョコとか、海老でもええで」

ほら、あたしの好きなものだってわかってくれているいつものたいちゃんだ。

「うん、ありがとう」

「まぁお前が大丈夫って言うなら大丈夫なんやろうけど、俺も倒れるわけにいかないから風邪薬飲んどこ」

と言って、冷蔵庫の上にあるドン・キホーテの黄色い籠《かご》の中に入っている薬を漁《あさ》る音がした。そしてファンタオレンジの缶を開ける音がして、ゴクリと飲み込んだ音のあとに「早めのパブロン」の鼻歌が聞こえたので、パブロンを飲んだんだなと思った。

「あ。ねえ、」

「んー？」

「あ、ごめんこれあれだよ？　風邪うつるのが嫌ってことじゃないよ？　あ、嫌味じゃないで？」

「そんなこと思ってないよ」

「え、なんかすげー思いやりないやつみたいな感じになってない？　大丈夫？　普通にあれだよ？　俺まで風邪引いちゃったら大変だからだよ？　金とか稼がないといけないからだよ？」

「わかってるよ」

さっきあたしが思いやりないってたいちゃんに一瞬思ったのがバレたのかと思った。でも今あたしはそんなこと一ミリも思っていないので、「大丈夫だよ？」と言ったけど、たいちゃんは何かの言い訳のようにすごいスピードで言葉を続けた。

「え、だってさ、俺まで風邪引いてさ、で、お前治ったのに、今度俺がお前にうつしてさ、そんで俺治ったと思ったら今度お前がまた風邪引いてってなったら普通に悪循環すぎる現象やん、それって」

「うん、そうだよね、たいちゃんがいろいろ考えてくれてるのわかってるよ」

「だから、マスクとか風邪薬とかさ、予防が大事じゃん、なんでも、予防ってのが大事なわけで、予防とかの危機感がない系の奴らからエボラとか流行るわけでしょ？」

たいちゃんは予防に関しては本当にプロだ。

「世界中がみんなたいちゃんみたいな頭いい人なら病気とかなくなるのにね」

「いやマジでそれ思うわ」

「うん」

「まじでコロナとか勘弁して欲しいわーうちらエボラの時からうがいしてんだからさー」

　そう言えばたいちゃんは何かにつけて前から「エボラまじこええよ」と言っていた。

「てか俺、美和がコロナとかなったら、美和からうつされるならいいし、てかむしろ俺にうつして美和助かるならそうするし、そんくらい好きやし。てか俺は何うつされても美和への愛で死なん自信あるしね！」

　なんでもこうやって言葉にしてくれるたいちゃんが好きだった。いつもなら生理不順でメンタルがやられてしまうのに、その言葉が嬉しくてさっきまでより体調が良くなった気した。

「たいちゃん、すき」

「俺のが好きやしちゅーする？」

　風邪は嫌がるけど、ちゅーはしたいんだね、正直でかわいいねたいちゃんは。

「風邪だったらうつっちゃうよ？」

「でもこの距離だとちゅーしたくなっちゃうわーマスク越しにするか」

「マスクしててもコロナだったらうつるってニュースでやってたよ？」

「おーまじか、じゃあやめとくか」

やっぱりやめるんだね、たいちゃんは。予防の鬼だね。

「我慢だね。コロナじゃないけど」

「もー体調マジ心配だから」

「大丈夫だよ、たいちゃんと話してたらちょっと元気になった。ちょっともっかいトイレ」

「え、何？　また吐くの？」

「違う短い系」

「ああおしっこ系ね」

よれよれのスエットを引きずってトイレに入り、ドアを閉めるとすかさず部屋にファブリーズを撒《ま》く音がした。うちの彼氏は予防の鬼だ。おしっこをしている途中にまたお腹が痛くなり、しばらくトイレに籠《こも》ることにした。「おしっこ長くねー？」とたいちゃんが聞いてきたので、

「うんちになったかもー！」

と言っておいた。

鈴

　とみーがチーズの盛り付けをしてくれている間、ソファでニュースを見ていた。新型コロナウイルスの感染者が都内で数十人出たらしい。多いんだか少ないんだかわからなかった。わたしもとみーも元から冬はインフルエンザ予防でワクチンをうったり、マスクをしたりしているタイプだったのでさほど生活は変わらなかったが、外出できる機会が減るのはなんだかなあと思っていた。

「映画館しばらく行けなくなるかもねー」

　とわたしが言うと、とみーはさほどそのことは気にしていなさそうだった。

「まあね、でもまあすぐに行かれるようになるだろうけど」

「えーしばらく行かれないならなんかもっと見たいやつ見ればよかったー」

　とぶつぶつ言うわたしの前に「はーい」とチーズの盛り合わせを出してくれた。

　そして「ねえ先飲んでるし！」と先にビールを開けていたことを怒られた。「ごめんごめんありがとね」とチーズを受け取った。このなんでもない時間が今のわたしの至福の時間だ。とみーと付き合えたら幸せなのかな、とルームシェアをはじめてから数回考えたことがある。どれもこういったなんでもない日常の一コマからそう思っていた。「生活水準が合う」って一緒にいる上でとても大切だ。「今日ここにご飯行きたいなー」などと思った時に、一緒に暮らしている相手に提案しづらいとストレスだ。その点がとみーは本当に楽だった。もちろんわたしだってそんなに贅沢ができるような立場ではないが、どうしても下げられない水準はある。金持ちの坊やとして生まれたとみーは親のスネを何も気にせずかじっているタイプだ。お父さんの経営する会社で働き、好き勝手生きている。両親も彼がゲイであることを受け入れているし、その辺のややこしいことにも直面せず自由気ままだ。そのためお金の心配もなく、わたしが「今日天ぷら食べに行こう？」と言ったら「いいねいいね！　贅沢しよー」と言ってくれる。天ぷらとお寿司は好きな時に食べたい。ランチの時もグランドメニューを頼みたい。

「自分は最近なんかないの？」

何気なくとみーの最近の恋愛事情を探るのもわたしの癖だ。

「僕？」

「そう」

「まあちょくちょく遊んだりはしてるよ」

「アプリで出会って？」

「うん。チーズ美味しー」

「いいなーわたしもアプリ入ろうかなー」

「入ってこないでよ」

「なんでよ、女入っても関係ないでしょ」

「いや、バイの人もいるから、女の子普通にいける人もいるから」

本気の返答だった。

「何そうなの？」

「そうだよ、だからやめて、荒らさないで、女邪魔」

「んだよそれ」

「いいじゃんよ、自分はいくらでも出会いあるんだから」

「全然だよ？　わたし占いで女性ホルモンなしって言われたんだよ？」

「僕よりはあるでしょ」

「ないない、マジでない。あんたの方がホルモンあるよ。しかもわたし、あんたと一緒に住んでる写真インスタとかに普通にあげ出してから本当に出会いないからね？

付き合ってると思われてんだよ、世間には」

「やだ、ほんとそれー」

少々傷ついたのでもうこの話はやめようと思って、いつも通り飲み物やチーズのインスタ用の写真を撮ることにした。写真を撮っているわたしを見ながらとみーが吹き出したので、「何よ?」と聞くと「ホルモンないとかかわいそうすぎるー」と爆笑された。

「ねえニュース疲れる、Netflix見よ?」

と、散々笑い終わったとみーが笑って出た目元の涙をTシャツの袖で拭きながら言ってきた。

「どれ見よっかー僕明日休みだから長いのも見られるよ~」

「いいなー父親の会社で働くおぼっちゃんは。全部リモートにしてもらってんのとかも羨ましすぎ」

「あ! これがいい! 鈴ちゃん電気消してー」

とみーはいつも映画を見る時電気を消してムードをつくる。わたしもそれが好きだったけど、とみーと暗い部屋で映画を見るのは少しだけ複雑だった。わたしが部屋の電気を消すと、

「あ!!!　ちょっと待って待って！　つけてつけて!!」

と、とみーが騒ぎ出した。「え？　何」と言いながら電気をつけると、スリッパの音を立ててわたしに近寄ってきた。

「忘れてた、これこれ」

とみーの手の中には小さなチョコレートの箱があった。

「え？」

「今日ホワイトデーじゃん」

「え、何？　チョコくれんの？」

「うん、鈴ちゃんいつもありがとう」

え、わたしに？　わざわざ用意してくれたの？　わたしがチョコを受け取ると、とみーがわたしを抱きしめた。いつもの酔っぱらった時にするハグより少し強く、違ったものに感じた。とみーの腕の中はしっかり男の子の腕の中で温かかった。

「なんだよーオカマのチョコかよー」

「僕くらいしかくれる人いないでしょ」

「ふーんだ」

「早く鈴ちゃんにチョコくれる人が現れますように」

「はあーあ」

「ため息つかないの、オカマでもくれただけいいでしょ」

オカマでも、じゃないよ。とみーからが、嬉しいんだよ。

「まあね」

「そうだよ、ドラマ見ながら一緒食べよう」

「やだ、あげない」

「え、ケチ」

「一人で食べる」

本当は、食べるのだってもったいなかった。

「僕の食べたいやつ買ったんだからー」

「一人で食べるの。もういい？　電気消すよ」

わたしは電気を消しに行くついでに、キッチンの引き出しに大切にそのチョコをしまった。

「危なかったよー」

「え？」

「さっき電気消したタイミングでこんなもんあげたらなんか寒いサプライズ演出する

人みたいじゃん」

「ああいるいるそういうやつ」

「嫌だよねー！　ああいうの」

「えーでも、あんたそういうの好きそうじゃん」

「嫌い嫌い、僕ダメなの、サプライズとか、リアクションに困る」

「確かにー」と合わせてしまったが、サプライズに関してだけはわたしととみーは違った。わたしはサプライズをされたら嬉しい女だ。だって、自分のために、用意してくれているんだから。わたしにとっては今日のとみーからのチョコレートだって、とびきり嬉しいサプライズだった。

美和

お腹は痛いがうんちは出なそうなのでトイレを流すと、「え、え、ちょっと早くね!?」という慌てるたいちゃんの声がした。どうしたんだろうと思って、ドアを開けると部屋中が真っ暗で何も見えなかった。

「やばいやばい停電停電!!」

「え？」

「美和やべえよ、懐中電灯！　停電！」

と物凄い声で騒いでいた。懐中電灯なんてうちにはない。一人の時じゃなくてたいちゃんがいてよかったと安心しながら「えーないよー懐中電灯」と答えると、

「ｉＰｈｏｎｅ！　スマホで照らせスマホで、ｉＰｈｏｎｅで照らせ!!」

とたいちゃんは焦り続けていた。

「焦りすぎじゃない？」

「あ、ちょっとここ照らせここ！」

「どこ？」

「ここだよ馬鹿！」

情緒がつかめなすぎたが、なんか怒っているのでポケットからｉＰｈｏｎｅを取り出し、ライトをつけてたいちゃんの顔を照らしてみた。

「俺照らしてどうすんだよバカ!!」

「え、何で怒んの？」

「怒ってない怒ってない、ここ照らして、なんかあるから」

「え？」

「こここここ！　なんかあるよ、美和ちゃん!!!」

たいちゃんに腕を摑まれ指示されたところにライトを持って行くと、散らかったコタツの上に置いてある大量のファンタオレンジの空き缶の上にちょこんと見覚えのない黒っぽい小さな箱があった。

「なにこれ？　箱？」

とあたしが箱を手に取った瞬間、部屋の電気が点《つ》き、去年一緒にディズニーランドへ行った時に買ったショッキングピンクのミニーの耳に、サングラスをかけたたいちゃんが「ハッピー!!　ホワイトデー！！！！！」と叫んでいた。

「え!?　なにこれサプライズ!?」

「そう！　びびった？　サプライズ演出！」

壁には折り紙で作った輪っかをつなげたたいちゃんお手製のパーティー飾りがあった。なんて可愛くて面白い人なんだろうとたまらなくたいちゃんを愛おしく感じ笑いが止まらなかった。

「えーなにこれー!!!」

「何笑ってんだよ喜べ喜べ」

「喜んでるよ！　すごいありがとう用意してくれたの？」

「そうホワイトデーと言えばお揃いのアクセサリーやろ？　開けて開けて！」

手に取った箱を開けると金色の歯形が2つ入っていた。なんだこれ!?

「え、何これ？」

「グリルズ！　つけてみてつけてみて！」

「え？　どうやってつけるの？」

「口に入れて歯にはめるんだよ！」

たいちゃんはいつでもこうやってあたしに知らないものを教えてくれる。たいちゃんはおしゃれでいつだって最先端だ。そのままこたつに座って言われるがままそのグリルズとやらを口に入れて、まずは上の歯にはめて鏡を見てみた。上の歯が全部金色になってギラギラ光っている自分の顔を見てさらに笑いが止まらなくなった。超ウケる！

「何これーーー!!!」

「早く下もつけてつけて!!」

たいちゃんがそう言って急かすので急いで下の歯にもその金ピカをはめて、たいちゃんの方を向いてにこっとしてみた。

「うおおー！　ブチ上がりだぜ!!」

「何これー!!」

「超可愛いんだよねーねえ笑ってないでもっと喜んでよー!!」

「喜んでるよ！　たいちゃんありがとう」

と正座してお礼を言うと「好き？」とたいちゃんが自分の歯を見せて言ってきた。

たいちゃんの歯も上下金ピカでまたあたしは笑い転げた。

「笑ってねーで！　好き？」

「好き!!」

「大成功やねこりゃ」

たいちゃんはとっても満足そうだ。

「やーん、たいちゃん、ありがとう」

「好き？」

「大好き！」

「これ超バイトで金貯めて買ったかんね」

「マジで？」

「マジ、超高かったから」

そんなものをプレゼントしてくれるなんてあたしはなんて大事にされているのだろ

う。ホルモンバランスは一気に回復した。

「ありがとう！」

「2つで5万」

「値段言うんだね」

「5万。俺5万の買いもんとかしたの人生で初だわーフェラーリ買うくらいの気持ちだったからね、気持ち的に」

全部言いたいんだね、たいちゃんは。

「値段言われるともらいにくいよ」

「そんくらい好きってことだよ！　5万分。あ、でも半分は俺のだから2万5千円分」

え？　それって大事にされているの？

「それ多いの？」

「多いだろーが、2万5千円あったら牛角10回は行けるからね」

それはでかいか。

「え、何牛角10回の方がよかった？」

「ううん、これがいい、ありがとう、超大事にする」

「おう、そうして、５万やから」

　さすがにしつこい。

「もうわかったよ」

「嬉しい？」

　たいちゃん、あんまりしつこいとあたしを喜ばせたかったのか、自分が喜びたいのかわかんなくなっちゃうからやめて。

「嬉しい！」

「じゃあ俺、バイト行ってくっからよ」

「うん、また朝ね」

「おう、体調悪くなったらすぐ言うんやで」

「わかった！　たいちゃんも気をつけてね？」

「俺はコロナとか絶対なんないから。マスクして超うがいしてるし。手も手洗いの動画見てやってるからね」

　たいちゃんはこのあと出かけるまでに３回「嬉しい？」と聞いてきた。超嬉しかったがさすがに喜び疲れた。

真知子

スマホで配信をしながら怜人くんが家に帰ったのはあれから30分くらい経ってからのことだった。玄関で靴を脱ぎながら「ってなわけで、僕は今から彼女とご飯なんで、配信ここまでねー短い時間でごめんねーみんないいホワイトデー過ごしてね。はーいおつかい配信でしたーはーい、ばいばーい」とスマホ画面に向かって手を振っていた。怜人くんの配信は毎日300人くらいの人が見ている。彼女がいることを怜人くんはファンの人たちに隠していない様子だし、わたしの自宅の玄関付近を映しながら平気で配信をする。一度気になってそのことを聞いてみたら、

「変なファンとかいないから安心して」

「しかも俺、外の時はかなりアップにして配信してるから安心して」

と言われた。どんな人が見ているのかわからないから変なファンがいないかは言われてもわからなかったが、確かに怜人くんはいつも顔のアップしか映らないようにしているし、相当よく見ないと家の周辺情報などはわからなそうだった。それにわたしの顔も名前も配信を見ている人は知らないし、これ以上気にして嫌がったら、自意識

過剰だと思われるんじゃないかと思ってその話をそれ以降深掘りするのをやめた。実際家に突然誰かが訪ねてきたり、付き合ってからのこの2ヶ月で一度もないわけだし。そんなことをいちいち気にしているタイプの自分が怜人くんと一緒にいるとなんだか臆病で古いタイプの人間のように思えた。

「配信してたの？」

「そう、一応毎日してるからね、やらないと閲覧減っちゃうから」

怜人くんがバイトをしていないことは気にはなったが、毎日欠かさず配信をするのって結構すごいことだなと感心していた。

「すごいよね、毎日300人くらいの人見てるでしょ？」

「うん」

「完全にネットアイドルだね」

「うん」

でも怜人くんは配信のことを褒めても特に喜ばない。どうしてだろう？　わたしは自分の仕事を恋人に褒められたらとっても嬉しいのに、怜人くんはそうじゃないのかな？

「はい、これ真知子の、オリジンで一番高いお弁当買ってきてあげましたー！」

「えーありがとう」

「見て見て」

と言いながら怜人くんは自撮り棒のスマホをシュンッとわたしに向かって伸ばしてきた。思わずびっくりして声が出た。

「わ」

「お弁当買いながら配信してたら、みんな『彼女の仕事中にお弁当買ってきてあげるとか怜人様優しすぎ。やばい』って。優しい彼氏でよかったね」

出た。怜人くんのその恩着せがましさはネタなのかな？

「はーいリンゴジュースも買ってあげました一。これも一番高いやつです！」

「高いとかある？」

「あるしー！　瓶に入ってんだよ？」

わざわざスーパーに行ってくれたようで、大きな瓶のリンゴジュースを買ってきてくれた。

「来年はなんか食べに行こうね」

とリンゴジュースをマグカップに注ぎながら怜人くんが言うので、「うん。あ、手洗ったら？　今なんか変なの流行ってるからさ」と言ったら「若い人は大丈夫っしょ」と何も気にしていない様子で次のマグカップにもジュースを注ぎ続けた。

「はーい真知子のー」

と洗っていない手で注がれたリンゴジュースを手渡された。数ヶ月前までのわたしなら絶対にこれは飲めなかったが、人の慣れとはすごいものだ。でもさすがにご時世的に気になったので、

「ウエットティッシュで拭きな？　せめて」

と、作業台にあるウエットティッシュの蓋を開けて差し出した。

「はーい」

と言って１枚ウエットティッシュを引き抜いた怜人くんだったが、指先をちょちょっと拭いてそのウエットティッシュをゴミ箱に捨てた。許容の範囲がわからなくなってきた。そのままお弁当の蓋を開けて「いただきまーす」という怜人くんを見ながら子供が家にいるみたいだと思った。

わたしはウイルスとか結構気にするタイプなんだよ？

わたしは仕事してて、風邪とかひきたくないんだよ？

ということをわかって欲しくて、床に座りローテーブルでお弁当を食べ始めた怜人くんを跨《また》ぎキッチンに行き、手を洗ってうがいもした。

「うまー、ほら、真知子も早く食べな？　あ、ちょっとさソース取ってー」

全く響いていない。だめだこりゃ。冷蔵庫からソースを取って、わたしもローテーブルの脇に座った。「いただきます、お弁当ありがとね」と言うと怜人くんはとても嬉しそうだった。このくらい自分に嘘をつかないと恋人とはやっていけないのか。でも、今日はわたしも寝ていないからちょっとしたことでイライラするだけかも。そんなもやもやを飲み込んでご飯を食べていたはずだったのに、

「てか毎日うちにいたら配信しづらくない？　大丈夫？」

と若干の嫌味を口にしてしまっていた。

「大丈夫だよ？　別に真知子の部屋映らないようにちゃんとやってるし」

嫌味だとは思われていないみたいだ。よかった。

「そお？」

「うん、気にしないで」

「わかった、でもずっとこっちにいるなら怜人くんの家もったいないよね」

この流れでこの家は二人じゃ狭いよねって話に持っていこうと思った。お互いに作

業や配信をできる部屋があれば今より絶対にわたしが我慢することも、気にすることも少なくなるだろうし、怜人くんもきっとそう思っているんじゃないかなという淡《あわ》い期待を抱いて話を振ったら、そんな期待は打ち砕かれた。

「あーもう家解約した」

「え？」

「自宅解約したー嬉しい？」

「え、家解約したの!?」

「うん、ずっと一緒にいるために。嬉しい？」

え……。

「ホワイトデーに同棲をプレゼントのサプライズでした〜!!」

そう言って怜人くんがスマホのカメラを起動させて動画を撮り始めた。カメラのフラッシュのような明かりで顔を照らされながらわたしは頭が真っ白だった。

「え、何…?」

「あ、ＹｏｕＴｕｂｅの企画で、ホワイトデーに同棲プレゼントサプライズ動画あげようかなって。あ、もちろん真知子がよかったらだよ？　嫌だったら載せないよ？」

九割頭がおかしいのに、怜人くんはこのように一割まともなことを言ってすべてをチャラにしようとしてくる。本当は自分がまともじゃないことに誰よりも自分が気がついているんじゃないのかな？　とこの時わたしは思った。ホワイトデーに同棲をプレゼントって。うちに転がり込んできただけじゃん。プレゼントしたの……わたしじゃん……。引き返せないところに足を踏み入れてしまったかもしれない。お弁当を食べ終わったあとのセックスはやっぱり気持ちよかった。なんなのわたし本当に。

七瀬

慎太郎との楽しいお喋りの時間はいつもあっという間だ。今日もあと5分でお別れだ。

「なんかさっきシャワー浴びてる時、言いかけてなかった？」

「え？」

そうだ、お店のこと、言わなくっちゃ。

「いやーなんかさ、営業自粛ってのになるかもしれないんだって」

「え？　何？　摘発？」

「いやいや、まさか。コロナコロナ」

本当にタイミング悪いウイルスめ。こんなにいい感じに心許してくれているのに、会えなくなっちゃうの嫌だよ。

「あー」

「まだわかんないんだけどさ、緊急事態宣言ってのが出されたらお店一時的に閉めるみたいで」

「あーそりゃまぁそうか」

「そうそう、やんなっちゃうよねー一番最初にこういう業界はくらうから」

そんな話じゃないでしょわたし。他のお店に行っちゃ嫌って伝えてよ。

「俳優もだよ」

「そう？」

「俺だってコロナで２本現場飛んだんだから」

「え!?」

慎太郎も大変なんだ……。そうだよね。みんな大変だよね、今。会えないの嫌とか水商売はじめたてのキャバ嬢じゃないんだから何言ってんのって感じだよね。客だっつーの。営業トークだと思われちゃうよ。

「あ、そうだ、これ」

と、慎太郎がいつもの大きくて重たい鞄から、細長い箱を取り出した。すぐにわかった、チョコレートだと。だって今日、ホワイトデーだもんね。用意してきてくれたことが嬉しくて飛び上がりそうだった。

「何？　なんかくれんの？」

あーわたし可愛くないねー。なんでそんな素っ気ない温度で言うんだよ。

「うん」

「えー何？　羊羹？」

なんでだよ。

「なんでだよ」

だよね。わたしも今自分で自分に思ったよ。

「最近ハマってんの、羊羹」

「ああ、そうなの？」

「おいしくない？　羊羹って」

「俺嫌いだわ」

なんで羊羹の話なんか広げちゃったんだよわたし。しかもわたしもそんな好きじゃないくせに。嬉しい時、もっと素直に喜びたい。もっと無邪気にいたいのに。わたしの無邪気は子供の時から芝居がかってしまう。そんな自分が本当に嫌いだった。プレゼントの受け取り方すらわからない。

「何これ？　あ、軽い、ビスコ？」

やべ、何も考えないで喋ってたらいつも食べてるもの言っちゃった。

「なんでだよ、チョコだよチョコ」

「あ、なんだチョコか」

「ビスコが好きなの？」

「あーいや、わたしじゃなくって、」

もういいや、今だ、言っちゃえ。どうせ風俗嬢だと思われているんだ。

「は？」

「わたしじゃなくって、息子息子」

「え？」

慎太郎の顔が見たことのない顔になった。

「七瀬ちゃんって、子持ちなの？」

「うん。まだチョコは食べられない年齢だから。わたしがいただきまーす。わーい、美味しそう〜」

精一杯の無邪気さで誤魔化した。大事に食べたかったのに、高級なチョコは小さくてあっという間に食べてしまった。

鈴

とみーは映画を見る時、部屋を暗くして、いい雰囲気のシーンになると必ずわたしの肩に頭を乗せてくる。とみーは女の子よりも肌が綺麗で、その繊細な肌の感じがわたしの着ている薄い部屋着の布を通り越してわたしの肌に吸い付くようだった。映画の中では幼なじみだった男女が久々に再会を果たし、お互いに惹《ひ》かれ合い、恋に落ちていた。わたしはその主人公の少女にどんどんと感情移入をし、それが自分がとみーに対して抱いている感情を瞬間的に倍増させた。心臓の音がとみーにバレてしまうのではないか？　でも、一緒に住んでいるわたしにわざわざチョコレートまで用意してくれたのだ。普段のとみーなら「女にチョコなんてあげるのもったいない！」とか言いそうなものなのに。しかし今日はいつもより強くわたしを抱きしめて日頃のお礼を言ってくれた。とみーがわたしに恋心を抱いていないことくらいはわかっている。恋愛の対象が男の子なのもわかっている。でも、とみーは普段から付き合ったり恋人関係になる目的だけじゃなく一夜限りの遊びも楽しんでいることをわたしは知っている。じゃあそれってわたしでもよくない？　わたしはとみーにこうして肩に頭を乗せられていたら、そういう気持ちになっちゃうよ？　とみーだってそれ、わかってやってるよね？　こんなに一緒にいるんだから、わたしのことわかってくれているよね？　そうだよね？　お互い寂しいからこうして一緒に住んでいるんだもんね。寂しい時に一緒に寝たり、キスしたり、そういう関係くらい求めてもいいってことだよね？　お互い、その気持ちってことだよね？　とみーもわたしと一緒で寂しいんだよね？　わたしはそっととみーの唇に自分の唇を重ねた。

「え、ちょっと何？」

　とみーの目がわたしを睨んだ。

「ねえ、最悪なんだけどなんでキスしたの？」

　心の底から嫌そうな顔をしてとみーはキッチンに行き、自分の唇を丁寧に濯《すす》いでいた。

「ごめん…そんなに嫌だって思わなくって…」

「嫌だよ、女の子とキスするのとか」

　恥ずかしさと虚しさと悲しさで、今すぐにでも消えて無くなりたかった。さっきまでの寂しさがわたしの中でさらに大きくなって、もう抱えていられなかった。

「もー最悪ー」

そう言うとみーの声と、キッチンから流れる水の音だけが、家中に静かに低く、響き渡っていた。消えたい……。

美和

なんだこれ……。

生きていて、感じたことのない痛みが、わたしのお腹のあたりを襲っていた。

たいちゃんに心配をかけないようにとやっぱりバイトに行こうと支度をしていたら、痛みで蹲《うずくま》ってしまった。不安でいっぱいだった。

2018年8月31日の僕たち

万城目泰造

行きつけの風俗店で俺は人生で二度目の、本気の土下座をしていた。一度目は中学生の時、担任に万引きがバレて学校に呼び出されて、「お願いだから親にだけは言わないでくれ」と土下座をした。二度目の今日は八王子の風俗で超タイプな女がいたので数回指名したのち、猛アタックして店の外でも会えるようになり、ほぼ付き合っているような状態になっていた女、七瀬に子供ができたと言われ、「お願いだから堕《お》ろしてくれ」と土下座をしていた。

「いつまでそうしてんの？」

「本当にごめんなさい！！！！」

「もう謝らなくていいから」

「お願いだから堕ろしてください!!!」

「嫌だって」

「こわいこわいこわい、無理絶対堕ろして！」

今日ここに来て2時間ずっとこうして謝ってお願いをしているのに七瀬は産むと言ってきかない。怖い、怖すぎる。23歳で親になるとかありえない。まじで最悪。なんで俺ノリでこんなことになることしちゃったんだろう。美人と遊びたかっただけなのに。地元の友達に美人の風俗嬢口説いたって自慢したかっただけなのに。まじでなんでこんなことになってんだよ俺の人生。

「だからいやだって、別に結婚しないんだからいいでしょ」

「無理無理無理、風俗でノリで中出しして子供できたとか冗談でも言えない」

「誰にも言わなきゃバレないから大丈夫よ」

「何でそんなになるまで堕ろさなかったんだよ」

「あんたが逃げたからでしょ」

「そりゃ逃げるだろ！　風俗嬢に子供できたって言われたら」

戻ってこなければよかった。

半年前、七瀬から「妊娠した」という報告を受けて俺はテンパりまくって怖くて地元である兵庫へ逃げて実家に隠れていた。調子乗ってた自分にバチが当たったんだと思い、半年間実家で死にそうなじいちゃんの介護をして、父親の土木工事の仕事手伝って、母親の肩を揉みまくった。20歳から23歳までの3年間八王子に一人暮らしをして遊びまくっていたので、どうにかその分家族にいいことをして神様に帳尻《ちょうじり》を合わせてもらおうとした。半年間、親孝行しまくって、八王子に戻れば、きっと七瀬が自主的に子供を堕ろしてくれていて、俺は子持ちになる心配もなくなり、両家の親に頭を下げることもなく暮らしていけると思ったので、半年前、七瀬の家のポストに中絶費用を入れて親孝行をしに兵庫へと帰った。兵庫に着いてからの最初の二週間は七瀬からの電話が鳴り止まなかったものの、二週間をすぎた頃から電話は減り、2ヶ月が経ったころには電話もLINEも来なくなっていた。神様が俺に味方してくれていると思った。そこから4ヶ月必死に親孝行をし、じいちゃんの葬式の仕切りも完璧にこなした。家族からも感謝され、「あんたは自慢の息子だよ」とかあちゃんは何度も言ってくれた。これで大丈夫だろと思えたので、いつまでも隠れているのはダサいってことで、八王子へ帰ることを決めた前日、地元の駅前のパチンコ屋で運試しをした。3万勝った。大丈夫だ、運が俺に味方している。はずだったのに、久々に会った七瀬のお腹は大きく膨らんでいて、しかもそんな状態なのに平気な顔して風俗で働いていた。

「だからわたし勝手に産むんだからほっといてよ」

「あああ戻ってこなきゃよかった……」

　俺の調子に乗っていた3年間は半年の親孝行じゃペイできなかった。回転ベッドに蹲りながら薄目で七瀬の方を見ると、お腹が大きくなりすぎて風俗店の衣装からはみ出ていた。

「てか何でそんなんなるまで働いてんの？」

「え？」

「ありえないでしょ、妊婦が風俗で働いてるとか」

「意外と珍しいから需要あんだよ」

　そんなプレイに興奮するやつがいるなんて信じられない。同じ人間と思えない。

「信じられないんだけど、何考えてんのほんと……」

「逃げたんだからもうなんも言う権利ないでしょ、」

「だってさ、」

「何？　妊娠したってわかった瞬間逃げたじゃん」

「そりゃそうだろ、好きは好きだったし、風俗嬢と客以上の関係っていうか普通にもう付き合ってたけどさ、」

「けどなに？」

「けど、俺まだ23だし、風俗嬢以外ももっといろいろ付き合ってみたいっていうか、七瀬と本気で結婚までは考えてなかったし、だから子供とかマジ無理だから」

自分が言っていることがひどいことくらい俺だってわかっていた。でももうおでこから血が出るくらい土下座をして、プライドも捨てて謝って頼むしか選択肢がなかった。だって、俺はもっともっと運命の女の子と結婚したい。風俗嬢が奥さんじゃやだ！　でも七瀬はどんなにひどいことを言っても、

「産むかどうかはわたしの自由でしょ」

と言い張ってきた。んでだよ…もう最悪最悪……親とかにバレたらまじどうしよう……。どうなるんだよ……俺の人生……まだハワイとかも行きたいし……オリンピックも絶対チケット当てたいし……やりたいことまだたくさんあるのに……涙出てきた。

「別に死ぬんじゃないんだから」

「死んだようなもんだよ!!　風俗嬢妊娠させたとか！」

「もういいから泣き止んで？」

「むり!!　さくらももこも死んじゃうし……まじで今月嫌なことしかない…厄払いいくもう…」

ちびまる子ちゃんとコジコジが大好きで、本当は八王子のヤンキーとつるむのとか

性に合っていないことくらい自分が一番わかってるのに。しょうもねーやつだって思われたくなくて、田舎もんだせえって思われたくなくて、兵庫背負っていきってたらこんなことになった……。自分の器《うつわ》を知れよ自分。もっと小さいところで、浅瀬でぱちゃぱちゃやっとけよ俺。ハワイ行っても絶対深い海行かない。ワイキキとかいう観光客だらけの海の一番浅いところで浮き輪で浮いておく。俺の人生のハッピーなんてもうそんくらいでいい！　だから隠し子いる男になるのだけは嫌だ!!　だって俺が結婚とかしたら絶対後からなんか言ってきて、慰謝料とか請求されるんだもん！

「ねえ、そうやって泣いてるなら帰れば？」

「結婚したり、子供できたり、ちゃんとした生活を送ろうってなった時にバレて、就職とかもダメになって……ああ……親にもバレて……だって隠し子いるってことでしょ？　ありえない、俺無理なんだけど……」

「だからバレないようにするって言ってんでしょ」

「だって絶対お前、子供に金かかったりしてさ、どうしようもなくなったら俺に慰謝料とか請求してくるじゃん!!」

「しないよ、お前なんかに」

「絶対するから、そういうのよくテレビでやってんじゃん!!　ねえ、じゃあここに書いて。そういうのないと、証拠がないと、俺安心してこの先の人生暮らせないから、一切かかわらないって書いて、子供も俺のじゃないって書いて!!」

その場にあった風俗のオプション表とペンを七瀬に突きつけた。自分が言っていることとやっていることが最悪なことくらいわかっている。でも、俺みたいな小者、こうするしかないんだ。神様わかってください! これ以上のバチもう俺抱えきれないんでやめてください!! 黙ったまま俺を睨んでいる七瀬が怖くて怖くて、だって絶対俺より頭もよくて、怖い知り合いとかもいて、もう怖くて仕方がなかった。だから小者の俺は声の大きさで対抗することしかできなかった。負けそうな時は声だけでもでっかくいけとバスケ部の先輩も言っていた。

「おい!! 聞いてんのかよ!!!」

「聞いてるよ」

「書けよ早く!!」

最後の力を振り絞って叫んだ俺を七瀬は思いっきり突き飛ばしてきた。よろけた俺はローションの置いてある棚に激突し、垂れてきたローションに滑って転び、さらに落ちてきた蓋の開いたボトルから流れ出たローションを頭から思いっきりかぶった。みっともなさすぎる。でも、全てが自業自得だ。世界中に宣言したい、俺はビッグになれない。小者だ。お願いだから、小者として生きていかせてくれ。

朝井怜人

高校の同級生と組んでいたバンドを脱退してから2年、ようやく個人のＹｏｕＴｕｂｅの登録者数が、１０００人になった。2年前、俺が付き合っていた女の子が同じバンドのギターと浮気をしていた。もともとバンドのファンだった女だったし、俺の顔が好きだという理由でついた新規の客だったからそんなことになるとは夢にも思っていなかった。蓋を開けたらとんでもないヤリマンで、ギターだけでなく、最終的にバンドのメンバー全員に抱かれていた。あんなに俺だけのことが好きなそぶりを、俺の前では見せていたのに。しかもメンバーはみんな笑っていて、その現象も気持ちが悪かった。同級生と同じ女を抱く趣味は僕にはなかった。そんなことがあった後も残りの3人はバンドを続けると言い、ちょっと理解ができなかった僕だけが抜けることになった。

「お前の嫉妬深さきもい」

最後に3人にそう言われた。俺からしたらお前らの方がきもい。3人を見返すために俺はソロになってYouTubeを主戦場として活動を始めた。昔から見た目には自信があったし、それなりにモテてきたのでYouTubeでファンを作ることくらいちょろいと思った。

「はーいじゃあねーまたねーあ、そうだ、来週、この配信見てる人との親睦会またやるんで、はい、親睦会やりまーす。みんなでファミレスとか行ってしゃべろーよかったら来てくださいー、えっと9月8日土曜日、立川駅に15：00集合ね、あ、うれしいもう15人くらい来るってコメントくれてる、ありがとー8日、立川駅15：00ね。来てね。プレゼントとかも待ってるよー怜人様に会いに来てね、じゃあまたねーばいばーい」

2年前にバイトしていたラーメン屋に客で来た美和と出会って、その後告白され付き合った。俺のそれまでの恋愛の話をして、女の子が信じられない話をしたら「美和、超応援する！　そしたら信じてくれる？　怜人バイト辞めていいよ！　そいつら見返すためにYouTubeに専念して欲しい！　生活費、美和が出すよ！　怜人絶対売れるよ！」と言ってくれた。天使だと思った。

「終わった？」

「終わりだよー見て見て、コメント200いったんだけど」

「へー。ねえ、音楽かけたいからちょっとパソコン返してー」

　でもそんな天使だった美和は付き合って1年が経った頃から変わってしまった。あんなにいつも「怜人怜人ー」と俺にべったりくっついていたのに、最近は「へー」とかしか言わないいし、「好き」とかも言ってくれない。見た目も派手になって俺の好きな服も着てくれなくなった。いつも明るめの茶髪の長い髪をふわっと巻いていて、前髪はぱっつんだった美和が好きだったのに、髪の色もさらに明るくなり前髪もワンレンになって、そんな美和も可愛いけど俺は昔の方が好きだった。寝ている時も「ねえくっつかないで」と言って俺に背を向けて寝たりする。普通に寂しかった。でもいまだに俺はバイトをしないで美和に養ってもらっていたし、家賃や食費出してくれているってことは美和も俺のことが好きなんだろうと思うことにしていた。他に男がいるとかは考えたくなかった。

「また親睦会あんの？」

「うん、土曜日。プレゼントまたたくさんもらえるから一緒にもらったお菓子とか食べよ？」

「うん、あ、じゃあちょうどいいや」

「え？」

「今度の土曜さ、あたしも友達の家泊まるかもー」

最近美和は外泊も多い。その度俺は嫌な気持ちになっていた。

「え？　急じゃない？」

「そお？」

「え、何の友達？」

「高校の同級生」

「てかあたしもって言うけど、俺は20：00くらいには帰ってくるけどね」

一緒にされたくなかった。俺は遊びで外行くんじゃないし。活動だし。

「あ、そう？」

「そうでしょ、別にファンの家とか泊まらないでしょ」

「ファンってなんか配信見てる人でしょ」

「ファンでしょ、ファン」

今の俺は七割美和、二割ファンに食わせてもらっていた。生活費はすべて美和に出してもらって、服とかはファンが買ってくれていた。残りの一割は例の元カノだった。根っからのヤリマンで面食いの元カノは頭がおかしいので別れてからもたまに俺のＴｗｉｔｔｅｒにＤＭを送ってきていた。だから何度か食事に行ってホテルに行った。

そしてお金をもらっていた。お金をもらっているから、こちらにやましい気持ちはなく、向こうの要望通りのことをしているだけだったので、そのお金で美和にお菓子とか買ってあげれたらそれでよかった。

「配信続けて、人気維持して、ミュージシャンとしても売れるから」

「うんーがんばれー」

ラメのペディキュアを足の爪に塗るために座椅子からベッドに移動して体育座りをした美和のスカートの中がもろに見えた。キャミソールもブラジャーが今にも見えそうなくらい胸元が開いている。

「てかその服でバイト行くの？」

「え？　変？」

「え？　胸元開きすぎじゃない？　スカートもパンツ見えてんだけど」

「そお？　今この体勢だからでしょ？」

「開き過ぎだよ、着替えて」

「えーこんくらい大丈夫でしょ」

「ちょっと屈《かが》んでみて」

「え、無理今めんどい」

「届んでみて」

しぶしぶ美和がこっちを睨みながら届んだ。ブラジャーどころか胸の谷間まで見えていた。

「ほらー見えてるじゃん、中」

「見せブラだから」

「えーやだ俺そういうの」

「は？」

美和の「は？」が俺は嫌いだった。女の子には「は？」とか言わないで欲しい。「何？」とか「え？」って言えばいいのになんでそんな攻撃的な言葉遣いをするのかがわからなかった。

「え、女の子？」

「何が？」

「泊まりに行くの、女の子の家？」

「の家だけど、男子も来るよ」

「え、お前そんな格好で男いるとこ泊まりにいくの？」

そんな服の美和、俺以外に見られるのは嫌だった。何よりも美和がそういう服を着ていることが嫌だった。

「え、別にその日はこれ着ないし」

「え、何の集まりなの？」

「いつもの、高校の時の部活」

「え？」

「ダンス部の集まり」

「へー」

「え、なに？」

「いや、なんでもない」

「なんなの？　なんかあるなら言えば？」

美和はそうやってすぐ怒ってくる。それと同じくらい昔の友達とばかり遊びに行くところも嫌だった。どうせしょうもなくて、女の子のことエロい目でしか見てない男しかいないんだろうし。そんなやつらよりも俺をかまって欲しかった。

「てかなんか美和って高校とかの交友関係大事にしすぎじゃない？　え、そんなに大事にしないといけない集まりなのそれ？」

「は？」

「え、なんですぐ『は？』とか言えるの？」

「え、ごめん何の話？」

「いや、美和はさ、なんですぐそうやって怒るの？」

「怒ってんの怜人の方じゃん」

「え、俺のどこが怒ってるの？」

「怒ってるじゃん」

「怒ってないし」

俺は怒っていない。不貞腐《ふてくさ》れているの。かわいいと思って欲しい。構って欲しい。だからそんな目で睨まないで欲しい。素直にそう言いたかったが、俺の口からはマウントを取るような言葉ばかりが出てきた。

「てかさ、そのダンス部の人たちっていうのは未《いま》だにダンスをやってるの？」

「え？」

「真剣にさ、ダンスに取り組んでる人たちっていうのは何人くらいいるの？」

「は？」

「だから『は？』ってやめて」

「ねえ、なんなの？」

だって嫌なんだもん！　どうせ狭い汚い家で宅飲みして、みんなで雑魚寝して、酔っぱらった勢いで隣の男にちゅーされたりすんだもん!!

「で、何人くらいいるの？」

「何が？」

「ダンスに真剣に取り組んでる人」

「3人くらい」

「え、何人中？」

「20人くらい」

しょうもない連中だと思った。そんな連中といるのが美和は楽しいの？

「何？」

「それってさ、ダメな人達の集まりじゃない？」

「は？」

「だってさ、高校時代はダンスに一生懸命で頑張ってたけど、根性なくて諦めて、挫折して、そのうち夢とかなくなってバイトとかで食べてる人達でしょ、どうせ」

「はあ？　別に部活なんてみんながみんなプロ目指して入るもんじゃないでしょ、仲良しサークル的な感じだし」

「え、仲良しの馴れ合いみたいな感じでダンスやってたの？　それって真剣にダンス部に入ったその3人に失礼じゃない？」

「ねえ、何ほんとに、いちいちさ、友達のことまで悪く言ってさ、あたしだって大事にしてる交友関係くらいあるよ」

「俺よりダンス部のが大事なわけ？」

「そういうことじゃないじゃん、普通に友達と遊びに行くくらいあるでしょ」

「え、遊びに行くのと男いるとこに泊まりに行くの違くない？」

「何？　行って欲しくないなら行って欲しくないって言えば？」

美和は思いっきり俺を見下すようにそう言ってきた。俺のことさ、もう好きじゃないでしょ？　やだよ、捨てないでよ。

「何それ？」

「何それってこっちなんだけど、別に浮気とかしてないのに何でそんな顔されないといけないの？」

「そういうことじゃないよ」

「じゃあ何よ？」

「いいよ、もう、怖いよ」

「怖いのこっちなんだけど、毎回毎回遊び行く時ぶすっとされててさ、自分だってよくわかんない配信見てる人達との変な集会行くじゃん、そっちの方がよっぽどやばいと思うんだけど」

「俺は仕事じゃん」

「え、どこが？　お金にもなんないのに？　てかさ、あんたそんなお金になんないことしかしてないくせにさ、あたしにたまーにいらないプレゼントとか買ってくんじゃん？　そのお金どうしてんの？　怖いんだけどまじで」

一番突かれたくないところを突かれた。俺が正しいのに。美和が放っておくからこうなったのに、俺が責められる側になるのは絶対に嫌だ。

「は？」

「自分だって、は？　とか言うじゃん」

「……」

「何でそうやってすぐ黙るの？　ねえ、だるいんだけどまじで」

そう吐き捨てて、バイトへ行こうとする美和の腕を僕は思いっきり摑んだ。

「着替えてないじゃん」

とにかくその服で外出して欲しくなかったし、言うことを聞いて欲しかった。だって俺ら付き合ってんだよ？

「その服やだって言ってんじゃん」

「何？　あたし服も着たいの着ちゃいけないの？」

「だって、そういう服着る人って男の人からエロい目で見られたいから着てるんでしょ？　美和もそういう人なのがショックだよ」

「違うんだけど、普通にかわいいから着てるだけなんだけど」

俺と付き合ってるんだからさ他の男の人に媚《こ》び売る必要なくない？

「いいから着替えてよ」

「え、じゃあ何？　あたしあんたと付き合ってる間、もうこれ二度と着れないわけ？」

「あんたって言わないで」

「あなたと付き合ってる間これ着れないんですか？」

「着ないでよ、いっぱい服あるじゃん」

「え、じゃあ洋服代返して」

は？

「これ、こないだ買ったばっかりだから、４８００円。返して」

「やだよ」

「何でよ、着れないなら買った意味ないじゃん」

「何で俺が払わないといけないんだよ」

「だってあたし、自分で働いたご褒美に服とか買ってんの、あんたと違ってちゃんと働いてんの」

「だからあんたって言わないでよ」

「つーかさ、家賃も払わないでここずっといるんだからそんな服とかにいちいち口出す権利なくない？　こっちはバイトして服買ってるんですけど」

「今は音楽に集中したいし、俺だって配信とか頑張ってるじゃん、そういうの美和が支えたいって言ってくれたんじゃん」

「だって何年そうしてんだよ、もう2年だよ2年。あんた2年も働いてないじゃん」

「だから掃除してあげたり、ご飯つくってあげたりしてんじゃん」

「そんなん別にしてくれなくていいし、それより家賃払って欲しいし、ご飯とか基本あたしコンビニでいいし、部屋汚くてもいいし、てかあげてるって何あげてるって」

　何でそんな言い方するの…こわいもう…見た目ギャルになってるし…。

「こっちが甘やかしてたらどんどんつけあがるじゃん、何であたし自分の稼いだお金すら好きなもんに使っちゃいけないわけ？　そんなこと言われるんだったらもう無理なんだけどあたし、ねえ出てってってよ」

「もーやだやだやだ……」

「やだってこっちだからね？　そうやってすぐふさぎ込んでさ、あたしが養ってもらってて文句言われるんならまだしも、お前何にもしてないじゃん、なんだよコメント数の話ばっかり毎日してきてさ、興味ねーよ！　そんなもん！」

　俺は俺を甘やかしてくれる美和が好きなのに!!　「ねえもうだるい、３万あげるから出てって」と言われた。そうやってお金を持ち出してくるのもずるい。俺が抵抗できないってわかってるくせに。そっちがその気ならこっちも粘るからな!!　とりあえずもらえるだけ金をもらってやると思って「やだやだやだ!!」と動こうとしなかった。

「生活費もしばらく振り込んであげるから出てって、マジ今顔見たくないから！」

　と叫んだ美和は俺の荷物を全て窓から放り出し始めた。そして、

「あとこのつまんないお笑いのＤＶＤ全部持ってって、あたし、ダウンタウンが一番好きだから、こういう最近のとか興味ないから!!!」

　と言って、俺の大好きなお笑いのＤＶＤと一緒に俺を玄関の外へ引きずり出した。同じもの面白いと思っていると思っていたのに。まあいいや、毎月生活費振り込むって言ってたし。

星川《ほしかわ》富《とむ》

　小さい頃からおジャ魔女どれみが大好きで、サン宝石でアクセサリーを買い漁る中学生だった僕からしたら、こんな風に可愛い衣装を作る真知子ちゃんのモデルをやれている今が本当に楽しかった。真知子ちゃんとは話が合う。とっても波長が合っているし、何より仕事っぷりも尊敬できて近くにいると僕にとっていい刺激になる。理想的な女友達だ。一点を除いては。

「着方あってる？　これ」

「あーちょっと違うかな」

　撮影の衣装のフィッティングのために真知子ちゃんの家でこうやって二人きりになったり、お喋りがてらちょっとしたパーツ付けの手伝いをしにくることはよくあった。真知子ちゃんのデザインする服はとても贅沢に布が使われていて、一人で着るのが少し難しい。僕の着方が間違っていたようで、腰のあたりを直すために真知子ちゃんが僕の体を触っていた。真知子ちゃんは細い腕にいつもまち針のたくさん刺さった針置きを巻きつけていた。一生懸命働いている女の子ってみんなとっても素敵。衣装に手際よくまち針を刺していく真知子ちゃんの手先を見ながらいつも僕はそんなことを思っていた。

「かわいいね、これ」

「ほんと？」

僕は真知子ちゃんのデザインが大好きだ。こんなお洒落な男の子にしてもらえることを心から感謝していた。真知子ちゃんの服を着ると自分に自信が持てた。

「うん、僕真知子ちゃんデザインすごい好きだよ、かわいい。だから無料で手伝ってるんだから」

「ごめんね、ほんと……」

「いいのいいの、好きでやってるんだから」

「モデルまでやってもらってるのに」

真知子ちゃんが指さした先には、僕が初めて真知子ちゃんの作った服を着て撮影した写真が大きく引き伸ばされて飾られていた。

「いいのー好きでやってるから」

「ありがとう」

「こっちこそオカマをモデルにしてくれてありがとうね」

　僕はこうして頻繁に自分がオカマであることを真知子ちゃんに伝えていた。もちろん真知子ちゃんだってそれを理解している。でも、最近真知子ちゃんは明らかに僕に好意を持ってくれている。前は僕が家に来る時も作業着のようなジャージ姿だったのに、最近ではきちんとワンピースに着替えてる。最初の頃は、衣装家としてお仕事も増えて注目されてきたから生活も変わったのかな？　と思ったが違っていた。

「違うよ、とみーが一番わたしの世界観に合ってるから。かわいい男の子に着て欲しいの」

　そうやって言ってくれるのは本当に嬉しいし、僕も自分が一番真知子ちゃんの作るものが似合うと思っている。しかも、僕と出会ってからの真知子ちゃんのデザインはさらにオリジナリティに溢れ、進化している。真知子ちゃんの「とみーに着せたい」という想いを衣装からもバシバシ感じる。僕を思って作る衣装は彼女の熱がすごかった。僕も彼女にインスピレーションを与えていて、だからきっと真知子ちゃんのデザインは進化して、さらにそれを着た僕はどんどんとインスタのフォロワーが増え、ちょっとしたインフルエンサーとなっていた。一緒にいることがお互いを成長させていた。だから、僕たちは絶対一緒にいるべきだった。友達として、仕事のパートナーとして。だからお願い真知子ちゃん、そんな胸元の開いたワンピース、僕の前で着ないで？　真知子ちゃんはきっと、ゆうてオカマも男の子って思っているんだろうけど、そういうの引いちゃうからさ。女の子のおっぱい見ても全然僕、興奮しないんだよ。

真知子ちゃんが手芸屋さんに行ってくるというのでここで一人で留守番をしていたある日、ちょっと眠くなってしまった僕は真知子ちゃんが帰ってくるまでベッドを借りて仮眠しようと思い、真知子ちゃんの部屋のベッドに横になった。外着だったし、布団の中に入るのはなんとなく悪いなと思い布団の上から横になったら背中の辺りに何かが当たった。布団の下に何かあるのかなと思って布団をめくったら、僕の写真とウーマナイザーが出てきた。アダルトグッズには割と詳しかったので女の子用のアダルトグッズもすぐにわかった。僕だって一人でそういうことをすることはある。人の性事情はそれぞれだし、他人がとやかくいうことではないと思う。でも、真知子ちゃん僕でそういうことしてるの……？　そう思ったらなんか真知子ちゃんにどう接していいかがわからなくなってしまった。正直それを見るまで真知子ちゃんが僕のことをそんなふうに見ているとは思ったことがなかった。でも、以来、薄着をしていたら「アピール!?」って思うようになり、化粧をしていたら「アピール!?」って思うようになり、なんでも全てがアピールに見えてしまうようになってしまった。そんなこと思わずにただ楽しく一緒にいたいのに。

「僕かわいいからね」

「そうだね」

「女性より女性らしいからね」

だからこうやって、とにかく最近は過剰に自分は女の子に興味ないよってことをアピールするようになっていた。でも、真知子ちゃんは。

「うん、でも本当にそうだよ、中性的なところがいいの」

と、ニコニコしながら汗ばんだ手で僕の肩を触っていた。僕はそっと、嫌味にならない感じでその手を自分から離し、

「こういうのとかもかわいいもんねー、絶対仕事増えるよ、今後」

と真知子ちゃんの仕事の話をした。

「えーでも、わたしよりとみーの方がインスタフォロワー増えてるから有名になりそう」

という真知子ちゃんの言葉がさらに僕を複雑な気持ちにさせた。そうじゃん、僕たちがペアでいたら最強じゃん。僕だってやっと今いい感じのインフルエンサーになれそうで、もっとブランドの展示会とかにも呼んでもらいたいし、パーティーとかにも行きたいし、もっとそういう有名な男の子になりたいの。そのために真知子ちゃんの

僕のよさを引き出してくれる才能が必要なの。えーもうどうしたらいいんだろう。このままずっと真知子ちゃんがなんか女出してアピールしてきているのを知らん顔するのはしんどすぎるし、でもそんなこと言ったら喧嘩になってこの関係終わるだろうし、えーもう僕オカマなんだってばーわかってよー、それわかって知り合ってるんだからさ、好きにとか絶対ならないで欲しい！　女の子の性欲とか見たくない！

「僕がオカマじゃなかったら絶対真知子ちゃんのこと好きだったと思うよ」

「え？」

わかって欲しくて、「オカマだから、絶対真知子ちゃんのこと好きにはならないよ？」ということを伝えてみた。ちょっとこの言い方はさすがに直接的過ぎたのか、真知子ちゃんの手が僕から離れた。傷つけてしまったかなと思い、

「いや、僕仕事とか尊敬できないと嫌なタイプだから、こうやって自分がいいなって思えるもの作ってる人とか絶対好きになってたと思う。それに話してても話しやすいし、相談なんでもできるし」

「そお……」

えーそのリアクションどっち？　伝わったの？　照れてるの？　何ー？　もうわかんない！

「あーでも相談しやすいのは僕がオカマだからか」

オカマって言っておけとりあえず。

「え？」

「付き合ってたら恋愛相談とかできないもんねー」

そうそう、男女関係にならないから今仲良しなんだよ、わかって真知子ちゃん。

「そうだね……」

あーもう空気変になっちゃった。めんどくさいー。僕の恋愛相談しよ、もう。

「そうだ、ねえ、こないだ言ってた人からね、またメールきたの」

「え？」

「ちょっと聞いてくれる？」

自分の恋話は楽しい。

「あ、ごめんわたしちょっとコンビニ行ってきてもいい？」

「え？　今？　僕まち針のまま？」

「ちょっと仕事まだまだでぼーっとしてきたからレッドブル買ってくる」

「一緒行く？」

「あ、大丈夫、とみーは好きにしてて」

「あ、うん、わかったー」

すごい勢いで真知子ちゃんが部屋から出ていった。えー何ー？　僕なんかした？　全然わからなかった。

飯島《いいじま》慎太郎

「ちょっとごめん、マネージャー、あっちでかけるね？」

付き合って10年目になる恋人、というかほぼ家族のような存在の鈴はマネージャーから電話があると決まってこの台詞《せりふ》を言って自分の部屋へ行こうとする。最近仕事がなかなか入らない俺に気を遣ってくれているのだろう。普段ならそんな気遣いにもイライラしてしまい、何も答えずに鈴が向こうの部屋に行ったら話し声を聞かないようにイヤフォンをして落語を聞いていた。でも、今日はなんだかそんな自分が嫌で、心が狭い気がして、

「いいよ別に、ここでかければいいじゃん」

別にいいよと言える俺でいたかったし、別にやましい話じゃないんだろ？　じゃあ俺の目の前で話せよ、という気持ちだった。

「え？　でも」

いつもと違う俺の反応に鈴は少し驚いていた。そして「ありがとう」と言ってマネージャーとの電話を続けた。

6歳の時、子役として爆発的に売れて以来、日本中で俺を知らない人はいない生活が始まった。でも、20歳を過ぎたあたりから俺の役者人生は雲行きが怪しくなり、20歳以降で当たり役なんて一つもなかった。そんな俺が俳優を辞めずにこられたのは全く同じ境遇を味わって生きてきた鈴が隣にいてくれたからだった。俺たちにはいつだってプライベートがなかった。高校時代、付き合った当初二人で初めてラブホテルに行ったのを週刊誌に撮られ「オトナになった人気子役の二人♡」という品性ゼロの記事を書かれた時、俺は怒りで頭がおかしくなりそうだった。でも、隣にいた鈴が、

「わたし達のことはわたし達にしかわからないから。本当のわたしを慎ちゃんが知ってくれていればそれでいいや。一人で書かれたんじゃなくて、全く同じことに腹をたてられててわたしは今幸せだよ」

と言った。一生、鈴のそばにいれば大丈夫だと思ったし、一生、鈴の幸せを守りたいと思った。けど、その後もこの10年で、「落ちた子役」と何度も何度も書かれて、俺の心の一部が完全に死んでしまっていた。その度、鈴は俺に、

「大丈夫だよ。真面目にお芝居続けていれば、絶対に40代でもう一度当たり役に出会えるから。慎ちゃんなら大丈夫だから」

と言った。はじめは文字通り真っ直ぐに受け止められていたその言葉が徐々に歪《ゆが》んで聞こえ出したのはいつからだろう。

「役者はタレントじゃないからね、お芝居以外の仕事やるくらいなら次の役が来るまで待つのも仕事だよね」

そう言っていた鈴が、

「慎ちゃんは絶対もう一度俳優としてブレイクするから。わたしはもうきっとそんなことないから、だからタレントみたいなこともやってみようかな」

と数年前から言い出すようになった。

「慎ちゃんにはずっとお芝居だけやってて欲しいから。だから生活のことはわたしに任せて。なんかお昼の番組の通販のコーナーのレギュラーの仕事の話があってさ、やってみようかなって」

鈴が俺のことを、二人の生活のことを考えてくれているのはわかっている。何より二人で暮らしていくだけのお金さえ稼げなくなっている自分が情けなくて、不甲斐《ふがい》なくてしょうがなかった。でも、「慎ちゃんにはずっとお芝居だけやってて欲しいから」

という言葉が「慎ちゃんはプライド高いもんね。タレントみたいなことはやらないもんね」と言われているようで、そんなことないってわかっているのに、世の中の声に心を少しずつ壊されてしまった俺は、全員が俺を馬鹿にしているように感じる癖がついてしまい、鈴の言葉さえも真っ直ぐ受け止められなくなってしまっていた。

「あ、すいません、お待たせしましたーはい。え？　なんですか？　バラエティ？　あーハイハイ、あの人は今的なやつ？　へーえ？　わたしでいいんですか？　知ってますかね？　今の人わたしのこと……あーいや、全然やらせてもらえるならありがたくって。はい。やりますやります。あ、全然いいですよ、衣装自前で。はい、えーありがとうございます、今月マジで仕事ないかと思ってたから嬉しいです。はいーありがとうございます」

ここで電話しろって言ったけどさ、そんな明るく楽しそうな声で喋って、俺への当て付けなの？　彼女がバラエティとかやってんの嫌って、俺散々伝えてるよね？　そんな仕事本当にやりたくてやってんの？

「何の電話？」

仕事だとわかっているくせに聞いてしまった。

「仕事」

「何のー？」

「なんかねー深夜のバラエティの仕事」

少し言い辛そうに鈴が言った。言い辛いって思っているならそんな仕事受けるなよ。

「テレビ？」

「うん、なんか昔お世話になったプロデューサーが今バラエティもやってるみたいで、入れてくれたみたいで」

そうやってプロデューサーに媚びを売る鈴を見るのが嫌だった。俺はそうはできず、芝居がよければ使ってもらえると信じてこの仕事をやってきた。でも、業界で重宝されるのは感じよく、権力のある人を気持ちよくさせるのが上手な人間だ。鈴はそれが子供の時からうまくできる。自分の苦手な部分をうまく立ち回る鈴を見るのが辛かった。

「ああそうなの？」

「うん、ちょい役だけどレギュラーみたいだからありがたいよね」

「そうだね」

「まあありがちなあの人は今的なポジションだけど、忘れられてないだけありがたいよね」

「ふーん」

俺の機嫌が悪いことを察した鈴が、

「なんか服とかは自前みたいなんだけど」

と言ってきた。意味わかんない謙遜で機嫌取ろうとしてんじゃねーよ。

「え、メイクとかいないの？」

「うん、衣装とメイクは自前みたい、全然いいけどね」

「扱いひどいなそれ」

そんな仕事を受ける鈴にも、鈴をそんな風に扱うテレビにも、そんな仕事をやらせてしまっている自分にも、全てに腹が立った。

「まあでも仕事ないよりいいよ、別にわたし美人キャラでもないし、あ、てか服クリーニングだぞー」

俺に対する嫌味なの？「仕事ないよりいい」って「お前よりいいよ」ってこと？はしゃいでいるのはわざとなの？　どういうつもりなの？　10年も一緒にいるのに、鈴のことが理解できない気がした。

「ねえねえ、これとこれどっちがいいと思う？」

俺が誕生日に鈴にあげたワンピースを２着持って俺の前にやってきた。鈴の誕生日には、10年間毎年ワンピースを贈ってきた。去年あげたものと、一昨年あげたものを持ってニコニコしている鈴を見て、「2着並べるな。毎年少しずつ買うブランドのランクが下がってることを俺に見せてくるな。本当はそんなワンピース嬉しくないくせに。当て付けか？」と絶対に思ってはいけないことを思ってしまった。

「撮影で着る服、どっちがいい？」

「どっちもいいんじゃない？」

「えー慎ちゃん選んでよー」

一昨年あげたちょっとでも質の良い方、着たいんだろ？　そっち着ればいいじゃん。悪かったな、去年あげたやつ、お前一回しか着てないもんな。

「てかみっともないからやめろよ」

「え？」

「みっともないって言ってんの。そんな昔の伝手でバラエティねじこんでもらってさ」

「え、だって仕事だから」

ハンガーにかかったワンピースを体に当てていた鈴がワンピースを下に下ろした。

「バラエティとか役者がやる仕事じゃねーだろ」

「でも、来た仕事はやらないとさ」

「だってどうせ、消えた子役とか言って売れなくなったこといじられるんだろ？　みっともな」

「え、そんな言い方しなくてもよくない？」

そんな言い方しかできないんだよ俺は！

「しかも何服とか選んではしゃいでんの？」

「わたしだって好きでやってんじゃないよ……」

じゃあはしゃぐなよ。イライラするな。

「じゃあやめりゃいいじゃん」

「え、だって、わたしだっていろいろ考えてんじゃん」

「何が？」

「このまま二人で生活していくにはさ、わたしがこういうのもやらないと無理じゃん」

出たよ、何？　全部俺のせいか。

「別に今そんなに不自由ないじゃん」

「今は昔の貯金とかで食べれてるけどさ、このままじゃあと5年もしたら暮らせなくなるよ……」

5年の間に仕事くるよって昔は笑って言ってくれてたのに。全部嘘だったってこと？　静かに泣き出す鈴を見るのも嫌だった。

「何泣いてんの？」

「だってさ……慎ちゃんプライド高いし、仕事選びたい人だから、だからわたしは慎ちゃんがやりたい仕事が来るまではどんな仕事でも受けようって思って頑張ってんじゃん……」

「は？　何？　俺のためにやりたくもない仕事やってやってんだよってこと？」

「そんな言い方してないじゃん……」

「え、だってそういうことでしょ？」

俺は、女一人大事にできないくらい落ちたってことだろ？　そう言いたいんだろ？

「違うよ、一緒にいたいから、わたしだって生活のこと考えてるんじゃん、二人のためじゃん」

「二人のためならやめてよ」

「え？」

「普通に恥ずかしいから、彼女がバラエティでつまんないことやってんのとか」

「だって、どうやって生活してくんだよ…そしたら…ここだって住めなくなるよ……？」

しつこいな。なんなんだよ!!

「てかお前さ、誰とでも飲みに行ってさ、飲み会で仕事もらってるだけでしょ？」

「え？」

「ねえ、マジ汚いよね、やり方、俺みたいなやつがうまくいかないのお前みたいなやつしかこの業界にいないからでしょ」

「え、待って、」

「だっておかしくね？　お前の方がブスなのに、お前の方が芝居下手なのに、なんで俺より食い扶持あんだよ!!」

そんなこと思っていないのに、ブスで芝居が下手なんて思っていないのに。本当はわかっている、俺より鈴の方が芝居の才能があったことを。俺と10年もいたせいで……俺は大好きな恋人の鈴を、大好きな女優の鈴を、しょうもない元子役のバラエティタレントにさせてしまったのだ。

「ねえ待って、慎ちゃん、それ本気で言ってんの？」

「何が？」

「今の…本気で言ってるなら…ありえないんだけど……」

「だってさ、お前完全に馬鹿にしてるじゃん！　俺のこと、最近哀れな目で見てくるじゃん!!」

苦しくて世界から消えたかった。でも、そんな勇気も俺にはなかった。

「見てないよ……落ち着いてよ……」

鈴は俺が壊れてしまったのではないかという目でこっちを見ていた。もうどうしたらいいんだよ。

「本当に嫌だ、絶対馬鹿にしてんだろ、全員俺のこと。子役時代が全盛期とか言って!!」

子役だった時の自分がいつだって俺の隣にいて、今の俺を笑っている気がする。あんなに才能があったはずなのに!!　あんなにどんな役も神様に選ばれたみたいにやれていたのに!!　なんで大人になったらダメなんだよ!!　子供の時がピークの人生を生き続けるのなんて苦しすぎる!!　何をやってもうまくいかない!!　俺はただ、誰かに認めてもらいたい！　今の俺を!!!

癇癪《かんしゃく》を起こした子供のように家中のものを蹴飛ばす俺に向かって、

「そうやって卑屈になってるから仕事ないんだよ……」

と鈴が言った。もうやだ。昔の自分から逃げたかった。

「は？」

「……」

「黙ってないでもっかい言ってくんない？」

「ごめん」

「いや、ごめんじゃなくって。言えよ!!　もっかい!!」

鈴に当たり散らしていないと俺は自分が保てなかった。俺は鈴に甘え続けて生きてきた。母に褒めて欲しかった子供から、鈴に褒めて欲しい大人になっていた。

鈴

慎ちゃんの気持ちは痛いほどわかる。でも、なんで？　どうしてわたしに当たるの？　大好きで、ずっと一緒にいたくて、二人で一緒にいるために一生懸命やってきたわたしの行動は全ていらないことだったの？　そんなのあんまりだよ。「お前の方がブスなのに、お前の方が芝居下手なのに」ってそんなこと言われてどうやって心保てばいいの？　これ以上この人と一緒にいたらわたしが壊れてしまう、と思った。

「自分に仕事ないのもなんでも人のせいにしてるから何やってもうまくいかないんだよ……」

「お前に俺の何がわかんの？」

「わかるよ、こんな一緒にいるんだから」

「なんもわかってないよ」

わかるよ、誰よりもわかるよ。

「慎ちゃん、もうこのまま一緒にいても無理だよわたしたち」

もっと早く結婚したらよかったのかな……わたしは10年間を棒に振った気になっていた。なんでこんなに必死にこの人を肯定して、この人のためにやってきたのだろう。

わたしがやってきたことは一ミリも返ってこなくて、こんな形で終わりを迎えてしまった。ソファでひたすら泣いているわたしをリビングに残し、慎ちゃんは自分の部屋の荷物を簡単にまとめて、床に敷いてある筋トレ用のヨガマットを丸めてこっちへやってきた。

「荷物とかまた取りにくるから」

小さなトートバッグと、緑色のヨガマットを抱えた慎ちゃんは10年間見てきた慎ちゃんの中で一番しょうもなかった。

「俺もお前と居たくないし、お前と住んでたここに一人で暮らすのも嫌だから、ここお前どうにかして」

「つーか今家賃払ってんのわたしだから、言われなくてもわたしの家だから」

「最後の最後までなんなのそのプライド」

わたしたちの10年間はこうして呆気なく幕を閉じた。最悪だ。

明日は久々のドラマの収録だ。目が腫れないように冷やそう、と冷凍庫から保冷剤を持ってきた。こんなにも悲しくて心がなくなってしまいそうな日だってしっかりできてしまう自分が嫌だった。もう、強くなんてなりたくない。

床に落ちているワンピースを見た。慎ちゃんからの贈り物はなんだって心の底から嬉しくて、笑顔で服を選んで、送り出して欲しかった。わたしが欲しかったのはそんな些細《ささい》な普通に恋人同士が送るような日常だったのに。

慎太郎

鈴に追い出された足で、俺は人生で初めて風俗店に入った。こんなのネットに書かれたら死ぬと思って人生で一度も入ったことがなかったが、もうどうなってもよかった。でもいざ部屋に通されて、もしもすぐに指名した女の子に身バレしたらどうしようと不安になって俯《うつむ》いていたら、僕が指名した七瀬ちゃんというその女の子は芸能人にびっくりするくらい疎《うと》かった。

七瀬

一度は好きになった男がローションまみれになって目の前で泣いていた。妊娠したとわかった瞬間逃げ出されたことだけでも悲しくておかしくなりそうだったのに、なんとか自分で自分の心を叩き立ち直ったわたしはまたここでも強くならなくちゃいけないのか。あんたみたいなクズだとしても、男の人に側にいて欲しいんだよ。

「二度と顔見たくないから、子供もあんたに似ないように念を送って産むから」

「そんなことできるの……？」

「できるかわかんないけど、やるの！　あんたと違ってわたし根性あるから、なんでもやるって決めたらできるから！」

こんなやつの前で泣きたくない。早く出て行って欲しい！

「お帰りください？」

涙を堪えてそう言って、泰造が部屋を出て行くのを待った。
泰造が帰った30分後、わたしは別の客の接客をしていた。なんとかできてしまう自分が嫌だった。でも子供が生まれるまでに、何があっても涙を流さないわたしにならなくちゃ。

泰造

ローション塗《まみ》れで七瀬の店から出た足で、知り合いの美容院に行き「ローション塗れになっちゃいましたー！」とかました。金髪だった髪を赤にして、俺は生まれ変わった。今日から絶対バチが当たらないように生きる。良いことしかしない。とりあえずもう風俗やキャバクラには行かない。

美和

なんであんなやつにお金貢《みつ》ぎ続けちゃったんだろう。あたしはただ、幸せなお嫁さんになりたい人生なだけなのに。今まで怜人が嫌がるから付けられなかった付けまつげを付け、いつもよりも濃いめに化粧をしたら自分が生まれ変わったみたいだった。今日からもっと強く可愛く生きてやる。

怜人

美和が放り投げた荷物を拾って、俺は元カノにDMを入れてホテルに呼び出した。甘えさせてくれる女の子なら、誰だっていい。顔がかっこよくて本当によかったと心から思った。いつだって誰かしらが好きになってくれる。この日のホテル代は久々に俺が出した。美和からもらった3万円から。いつも「ヒモ」って呼ばれていたから奢るのって気分がよかった。

真知子

「僕が男なら真知子ちゃんのこと好きになってた」と、とみーに言われ、わたしの心は張り裂けてしまいそうだった。アイドルを好きになるのをやめて以来、異性を好きになることはやめていたのに。とみーはゲイってわかっているから、だから側にいても大丈夫って思っていたのに……わたしはどうしても可愛い男の子を好きになってしまう。タイプの異性の近くにいると体が熱くなってどきどきしてしまう。勝手に一人で妄想が膨らんでどんどん気持ちが抑えられなくなってしまう。相手がアイドルだったら画面の向こうにしかいないからよかったが、今回は目の前にいる。触れたい気持ちをどうやって抑えたらいいか、わたしには全くわからなかった。とみーがわたしに興味ないことくらいわかっている。でも、それでもいいからわたしのことを抱きしめて欲しかった。「お金払うからなんかして」ってお願いしてしまいそうな自分がいた。もうこんなわたし、嫌だ。しかもとみーはそんなことお構いなしに恋愛相談をしてきたり、僕が男なら好きだった、とか勝手なことばかり言ってくる。もう嫌だ。

レッドブルを買って自宅のドアを開けると、

「ねえーーー！　またＬＩＮＥきたの!!　見て真知子ちゃん!!」

と、とみーが走り寄ってきた。もう無理だ、絶対全部わかってやっているんだ。辛すぎた。わたしはあんたの写真見て一人でするくらい、あんたのことが好きなんだよ？

「いちいちわたしに相談しないでよ!!!」

自分の発狂が止められなかった。

「わたしが好きなのわかっててやってんでしょ？　なんだよさっきの僕が男なら真知子ちゃんのこと好きになってたとか、そんなこと言わないでよ！　モデル撮影の時だけ来てくれればいいのにさ、手伝いに来たり、ゲイの恋愛相談しに来たり、わたしが断らないってわかってて来てるんでしょ？　ねえ、ひどいよ、やめてよ!!　そんなことするならなんかしてよ、付き合ってよ！　わたし普通に好きだから、隣にいたらエッチとかしたくなっちゃうから！！！！」

最悪だ……。とみーは驚いた顔でこっちを見ながら謝ってきた。なんで謝るの？　やっぱりわたしが好きなのわかってやっていたの？　嫉妬させるのが楽しかったの？　そんなのひどいよ……。

「あの、ごめんね……僕が……うん、そうだね、僕が悪かったね……確かに真知子ちゃんが僕のことをいいなって思ってるのかなとは気がついてたし、うん、だからごめん……でも僕あんまり友達とかいないし、だから相談できる人が欲しくって、だから、うん、真知子ちゃんに甘えてたんだと思う。ごめんね。今まで楽しかったよ」

え？　なんか自分だけ大人な感情で飲み込みますみたいな風にしていなくならないでよ？

「自分だけそんないい事言ってすっきりしないでよ」

「いや、だって……僕いろいろ気がついちゃっててさ……」

え……何に気がついていたの？　どこまで気がついていたの？　全部知ってて「僕が男だったら真知子ちゃんのこと好きになってた」とか言ってたの？　え？　どういうこと？　わからない!!　もう全部言ってわたしから終わりにしてやる。

「なんかきれいな思い出みたいにしないでよ、わたしは全然いい思い出にできないから。オカマのこと好きになって、キスとかエッチしたくなって、一人でしてたとか誰にも言えないし、一生の恥だから」

「何で今それ僕に言ったの……」

「あんたに言わなかったら一生これ抱えて生きていく気がしたからだよ！」

「あ、ごめん……そんな気持ちにさせてたと思わなくって……エッチはきついけど、キスくらいなら我慢すれば女の子ともできるから、最後にしようか？」

と、とみーがわたしをベッドに押し倒した。そんなひどいこと言われて、死ぬほど雑にとりあえずみたいなキスをされそうになっているのに、顔がほてった自分が許せなくて、もう一生顔がタイプの男の子となんか関わらないと心に決めた。わたしは恋愛感情など、持ってはいけない人間なのだ。

「いい加減にしてよ、早く出てってよ!!」

とみーを追い出し、家の扉を閉めて、自分の心に強く蓋をした。
強く蓋をしたら、すぐに作りたい衣装が思い浮かんだ。どうやらわたしは心に強く蓋をすることだけは得意なようだ。一人には慣れっこだ。

富

人と喧嘩をしたり、揉めたりするのが本当に自分は苦手だった。アプリで適当な男の子探して嫌な気持ちを紛《まぎ》らわせようかと思ったけど、今日は絶対に嫌な気分になりたくなかったので、伊勢丹の天ぷら屋さんでお父さんと待ち合わせをした。お父さんはいつだって僕に優しい。

2020年4月1日

美和

あれから2週間。生理がこないまま体調不良が続き、下腹部に痛みもあったので、大学病院の婦人科を予約して受診しに来ていた。こんなご時世なるべく大きな病院には来たくなかったが、たいちゃんが「お前心配だから病院行けよ」と毎日言っていたので、来ることにした。本当は一人で来るのも不安で、たいちゃんに付き添いを頼みたかったが、たいちゃんはバイトがあったからきっと休みたくないだろうし、もし付き添いを頼んで「バイト休めないわ〜」と言われたら寂しい気持ちになるので、あえてお願いをしなかった。でも、たいちゃんは「病院咳してるやついるかもしれんから、これしていきな」とドンキでピンクの分厚い布マスクを買ってきてくれた。だから、使い捨てマスクの上にそのたいちゃんのくれた分厚いマスクをして、マスク二重で病院に来た。でもやっぱり、いざ待合室に座ったら一人でいるのが不安で、早く帰ってたいちゃんに抱きしめて欲しくなった。帰りたい気持ちを堪《こら》えて小さくなって座っていると、前を通りかかったおじさんが思いっきり咳をしていた。不安が倍増した。

「安西美和さーん」

看護師さんに名前を呼ばれ診察室へと入ったら、そこにはとっても優しそうなおじさんの先生がいた。婦人科で男の人が担当なのはいつもなら嫌だが、なんだかとっても顔を見るだけで安心できる先生だった。「付き添いの方は？　いる？」と聞かれたので「いえ、一人です」と答えた。先生は検査の結果が書かれている紙をそっとあたしの前に出して、

「全然大丈夫だし、女の子にはたまにあることだから安心して聞いてね？」

と話を切りだした。たいちゃんの顔を思い浮かべながら続きを聞いた。

「まず、妊娠の心配はなかったですよ」

そっか、じゃあただの生理不順かな。ピルもらって帰ろう。

「でもね、これ、さっき子宮のところ見せてもらったでしょ？　ここにね、小さな癌になりそうな部分が見つかったの」

え……？　何を言われているのかわからなかった。そんなこと言われる準備をしていなかったので、本当に一瞬何も理解できなかった。

「怖がらなくて大丈夫ですよ。これはね、できたばっかりだから。放っておいてなく

なっちゃうこともあるし、まずはちょっと様子を見て、悪さをしそうなら手術でとってしまえばいいから」

そこから先生の言っている言葉が全然頭に入ってこなかった。怖くてボロボロと涙が溢れてきて、そんなあたしの背中を看護師さんがそっとさすってくれた。看護師さんの手はとてもぬくもりがあって安心できた。でも、もっと安心できるたいちゃんに早く背中をさすって欲しい。「大丈夫だよ」って側にいて欲しい。

病気についていろいろわかりやすく書いてある冊子を渡され、それを見ながら先生の話を聞いた。冊子はパステルカラーで全体的に優しい色で、うさぎのキャラクターが描いてあった。診察室を出る時、

「こうやって早く病院に来てくれたから心配しなくて大丈夫な時に発見できてよかった。病院に来てくれてありがとうね、安西さん」

と先生があたしの背中をさすってくれた。

病院を出るとやっぱり一人で心細くて、帰りは電車ではなく、タクシーに乗った。一刻も早くたいちゃんに会いたかった。

七瀬

子持ちだとわかってからも変わらず慎太郎は店に来てくれていた。そしてそれが嬉しかったわたしはｉＰａｄを買った。ケータイもずっとパカって開くガラケーだったわたしがついにｉＰａｄを買った。早速「飯島慎太郎」と調べてみたら想像していたよりも何倍も情報が出てきた。上の方に出てきた情報はほとんどが好き勝手に書かれた、本当の情報ではなさそうだった。こんなにいろいろ書かれて芸能人って大変なんだなーわたしは一般人で本当によかったーと思った。適当に読んでいた知らない人の書き込みに、

「今出てる映画も出演シーンやばかった」

と書かれていたので、気になって、慎太郎がどんな良い役者なのか知りたくて、今やっている邦画のそれっぽいものを休みの日に見に行ってみた。映画館に行くのなんていつぶりかわからず、チケットの買い方もよくわからなかったが、なんとか1日に4つの映画を見ることができた。途中何度も話についていけず眠くなってしまったが、慎太郎が出てくるかもしれないと思うと目を開けていられた。そしてついに4本目の

映画で慎太郎を見つけた。わたしは客席で跳び上がった。年甲斐もなくこんなにはしゃいでいる自分もどうかと思ったが、でも、大好きな人が仕事をしている姿が見られたことがわたしはとても嬉しかった。画面の中の慎太郎は見たことがない表情をしていてとてもかっこよかった。

でも、このことはまだ慎太郎には言わないでおこう。と思い、この日もいつも通り残り時間にお喋りをしていた。買ったばかりのｉＰａｄに除菌スプレーをかけているわたしに、

「お前、そんなに水かけたら壊れちまうだろそれ」

と慎太郎が言うので、「このｉＰａｄお店の人に防水って言われたの」と伝えたら手元から奪われた。

「貸して」

「あ、ちょっと丁寧に扱ってよ？」

「これタブレットだろ、ｉＰａｄじゃねーよ」

「何？　ｉＰａｄじゃないの？　これ」

わたしが買ったのはどうやらｉＰａｄではないらしい。

「ちげーよ」

「えー？　でもインターネットもできるし、しゅっしゅってできるよ？」

わたしはとりあえずインターネットができればなんだってよかったのだ。慎太郎のことが知りたくて買ったのだから。

「そりゃどれでもできるんだよ」

「そうなの？」

「そうだよ、ほんとに馬鹿だな」

「へえー、何が違うの？」

「リンゴのマークがついてないだろ？　ｉＰａｄはリンゴついてんだよ、リンゴ」

「へえー、じゃあ偽物なのこれ？」

「偽物ってかべつもんだよ」

「よく今までそんなに何にも知らないで生きてきたな」と慎太郎はわたしになんだか嬉しそうに言ってきた。慎太郎は人にものを教えるのが好きだ。わたしは教わるのが好きなので、「何それ？　教えて？」といつも慎太郎に言っていた。何もわかっていない様子のわたしに、「なんで今更そんなもん買ったんだよ？」と聞いてきたので、

「これで見られるんでしょ？　あんたの情報とか」

「え？」

「映画とかドラマとか、あんた全然教えてくれないから」

「いいよ、んなもん調べなくて」

「何でよー見るからこれからは調べて」

「しばらくなんもねーよ」

なんで教えてくれないのよケチと思った。

「風俗まで来て仕事の話したくねーよ」

と言って眉間にシワを寄せている慎太郎に、いつも散々わたしに仕事の話してるじゃない、と思った。

「俺が話したいことだけ話すの」

「はーい」

「何でいろいろ詮索されなきゃいけないんだよ」

慎太郎が持っていたわたしのタブレットをベッドに放り投げたので「あー壊れちゃうやめて」と言った瞬間画面に明かりがつき、電話が鳴り出した。壊れたのかと思ってびっくりした。「何? これ電話もかかってくるの!?」と言うわたしに「自分がそういう設定にしたんだろーが」と呆れていた。全く覚えのない番号からの電話に出たら、相手は万城目泰造だった。最悪だ。「なんで仕事中に電話出るんだよ」と隣でぶつぶつ言う慎太郎を横目に、わたしは久々に泰造の声を聞いてすごく嫌な気持ちになっていた。

「あ、もしもし俺だけど。俺だよ、万城目泰造だよ。なんですぐ出ねーんだよ！　お前なんでこんなご時世にも働いてんだよ、コロナかかるぞ！　あ、おいおい質問あって電話したんだから切ろうとすんなよ？　あのさ、妊娠した時ってどんな感じだった？」

という本当に意味がわからない電話だったので、「切りまーす」と言ったら、

「おい！　教えろバカ！　あと元気なのかよ、子供は！」

と言ってきたので、本当に腹が立って、

「死んでも教えません」

と電話を切った。久々に声を聞いてしまった。なんか、今大好きな人の前で、昔好きだったクソ野郎の声を聞くのは全然いいもんじゃない。今のわたしの幸せの中に入り込んできて欲しくなかった。邪魔されているようでとても嫌だった。電話を切ってから、なんでわたし電話出ちゃったんだろう、普段は知らない番号だったら出ないのに、と後悔した。しかも慎太郎の前で。でも、慎太郎の前だったから、知らない番号も怖いと思わず出ることができた。

「何？　誰？」

「んー？　旦那？」

「え、旦那いないんじゃないの？」

「旦那になりかけた人？　子供生まれる時に逃げた旦那」

泰造の話を初めてきちんと誰かにした。わたしはずっとこのことを誰かに話したかった。聞いて欲しかった。なんかタイミングよく切り出せて、意味わからない電話をかけてきた泰造にちょっとだけ感謝した。

「え、別れてからも連絡とか取ってんの？」

「いや、今初めてかかってきた」

「つーか出んなよ、そんな電話」

「番号消しちゃってたからわかんなくって」

「拒否しとけよそんなやつ」

慎太郎の語気がいつもより荒くなった。

「貸して？　ったく、自分勝手なやつばっかりだな」

と言って、今かかってきた泰造の番号を拒否にしてくれた。泰造と喋ったあとだからなのか、いつもよりもずっと慎太郎が頼もしく思えた。目が合って一瞬良い感じの時間が流れたのに終わりのベルが鳴った。くそー。しかも緊急事態宣言が本当に出そうでお店が閉まってしまいそうだ。これでしばらく会えないかも、と思っていたら、

「緊急事態なんとか、ほんとに出そうだよな」

と自分のケータイをいじりながら慎太郎が言ってきた。同じことを思っていたことが嬉しかった。

「番号教えて」

慎太郎がいじっていた自分のケータイをわたしの目の前に差し出してきた。

「俺、トイレ行ってくるから入れといて」

手渡されたケータイは年季の入った手帳型のケースに入っていて、おじさんみたいで愛おしかった。画面を見ると、機械に弱いわたしでもすぐわかるように番号を打ち込むだけでいいように準備されていた。嬉しかった。

真知子

裸のままで眠っている怜人くんの背中を見つめながら、わたしは全然眠れていなかった。怜人くんって一体何をして食べている人なんだろう。同棲をプレゼントされた

ホワイトデー以来、わたしの怜人くんへの不信感は増していた。一緒に住むにしても、このままわたしが家賃を払い続けているのは不安だ。怜人くんは「二人用の家に引っ越したら俺も半分家賃払うからね」と言っていたが、本当に払えるのだろうか。わたしは怜人くんを起こさないようにそっとベッドから抜け出し、キャミソールの上からセーターを羽織った。部屋はもう怜人くんの荷物もあってぐちゃぐちゃだ。玄関のところにある怜人くんがいつも背負ってるリュックの外チャックを開けてみた。前に一緒に銀行に行った時、そこから通帳を取り出していたのを覚えていたのですぐに見つけられた。怜人くんはキャッシュカードを持っていない。何故かは聞いたことがないが、毎回通帳でお金をおろしているし、毎月割とまめに銀行に行っている。いけないとはわかっていながらも、不安の方が勝ってしまい、わたしはその通帳をそっと開いた。するとそこには毎月必ず10日に「アンザイミワ」という人物から5万円が振り込まれていた。全身に寒気が走った。え……何これは……。ページを遡るとかれこれ2年近く毎月振り込みは続いていて、怖くなって通帳を閉じて一旦床に捨てた。「アンザイミワ」という名前の覚えがあった気がして、寝ている怜人くんの着けている銀色のブレスレットの裏側を見た。「miwa♡reito」と彫ってあった。前に付き合っていた人なの？　元カノからどうして毎月5万円もらっているの？　わけがわからなくなった。ブレスレットを見るために怜人くんの腕を掴んだら、寝ぼけながらわたしの頭を撫でてきた。

「何？　起きちゃったの？　ほら、こっちおいで？」

怜人くん、気がついて。わたし、服も着ているし、あなたの横に腰掛けているよ。

「ねえ、怜人くんの前の彼女ってなんて名前？」

「え？　なんで？」

眠たそうな声の怜人くんはわたしが何を言い出すかなんてわかっていない様子だ。起きて？　腕につけているブレスレットを掴んで「これ、前の彼女と作ったの？」と聞くと、「なあにー？」と抱きしめてこようとした。

「裏、ミワって名前彫ってあるから……」

「もーなに？　そんなの気にしないの」

「だって、」

「それあれだよ、彼女じゃなくって、配信のイベントした時にファンからもらったの名前入ってるって知らなかったからつけてた、ごめんね？　やきもちやかないの」

とわたしが可愛いやきもちをやいていると思っている。違うってば、怖くて少しずつしか聞けないいんだよ。再びわたしを抱きしめようとする手を今度はさっきより強く

払い除《の》けて、

「嫌だったらしないよ？　もう、捨てるね、ほら、ふてくされないで」

「え、苗字は？」

「え？」

「何、ミワ？」

　と恐る恐る聞いた。

「えーなんだろう、忘れちゃった」

「忘れないでしょ？」

「忘れたっていうか知らないよそもそも」

　ねえ、もうそれ言い訳じゃん。ファンなの？　誰なの？　嘘つくにしても雑すぎるよ。

「アンザイ？」

「え？」

「アンザイミワ？」

「ああ、そうかな？　ファンだから知らないや詳しく」

　あまりにも雑な言い訳だったので、腹が立ち嫌味でその言い訳に乗った。

「怜人くんファンからお金振り込んでもらってるの？」

「え？」

「これ、毎月10日に必ず振り込まれてるじゃん、お金、アンザイミワから」

「……」

怜人くんの心臓の音が速くなったのがわかった。ねえ、これは何？　ちゃんと話して？　怜人くんは起き上がってわたしから通帳を奪ってまた布団に入った。

「これは何？　ファンなの？　前の彼女？　それとも今も付き合ってるの？」

「ねえ、何で勝手に人のもん見るの」

出た、また自分が唯一持っている正論を出してきた。わかってるそんなこと。やっちゃいけないことくらいわかっている。でも、今わたしは不安でならないのだ。そして、その不安を作ったのは怜人くんでしょ？　ならちゃんと答えてよ、教えてよ。

「ねえ、この人から毎月お金もらって生活してるの？」

「あ、いや、ごめん、違う、それ元カノ……」

「は？」

「いや、違うの」

何が違うんだよ。

「いや、違うの、元カノにお金貸してて、それを毎月10日に返してもらってるの」

また新しい嘘出さないでよ、いちいちその嘘に乗っかった質問しなきゃいけないじゃん。

「いくら貸したの？」

「30万くらいかな」

嘘やめてって。

「え、もうとっくに30万以上振り込まれてるよ？」

「忘れたよ、額とか」

「そんな大金貸して額忘れなくない？」

「……」

怜人くんは本当にすぐに黙る。

「ねえ、」

「やめてよ、探偵みたいなことすんの」

「は？」

「え、ちょっと怖いよ」

「怖いのこっちなんだけど、怜人くん一体何して生活してる人なの？」

わたしはこれが一番聞きたいの。だってさ、一緒に住んでるんだよ？

「別になんもしてないよ」

「何もしてないのにこんな大金を貰ってんの？」

「ね、もういいよ、今日は寝よう？」

眠れるわけがなかった。気がつくとわたしは手の指の爪が掌《てのひら》に食い込んで跡がつくほどに拳を握りしめていた。わたしの彼氏は何者？　何を考えている人なの……？

鈴

わたしがとみーにキスをしてしまったあの日からしばらくわたしは恥ずかしさと、悲しさの入り混じった感情から、どうしていいかわからずホテルに泊まっていた。2週間が経った昨日、とみーから、

「鈴ちゃん、ここさ鈴ちゃんのおうちなんだから戻っておいで？　僕だけが住んでるのっておかしいよ。出て行くなら僕だと思うからさ。僕、新しいおうち借りてそこにとりあえず荷物は移したから、二人で買ったりしたものだけどうするか一緒に決めたいから戻ってきて？　ちゃんと話そ？」

というＬＩＮＥが届いた。とみーからのＬＩＮＥに絵文字が一つもないのは出会ってから初めてのことだったので向こうもかなりいろいろ考えているのかなと思い、これでもう会えなくなるのかなという気持ちと、もしかしたら話し合えばうまくいくかもしれない、という両方の気持ちを持ってわたしは2週間ぶりに自宅へと戻ってきた。とみーの荷物がなくなった我が家を見て、わたしは即泣いた。戻ってこなければよかった。

「鈴ちゃん。ごめんね、こんなに泣かせちゃって」

謝って欲しいわけじゃない……。わたしは強く首を振った。

「でも、ああいうことになっちゃったから、もう一緒にいるのはちょっと違うと思うんだ……」

話し合うんじゃなかったの？　もう出て行くの決めてんじゃん一人で……。

「僕ね、実はこういうことしちゃうの初めてじゃなくって、あの、これ別にわざわざ言うことじゃないかもしれないんだけど、うん、わざわざ言うことじゃないね」

そんな言い方されて「あ、そう」って思える人っている？　自分が一番そういう言い方されるの嫌いじゃんとみー。

「言って」

「え？」

「そこまで言ったなら言ってよ……」

「いや、あのね、前にも女の子から好きになられてしまったことがあって、その時言われたの、気持ちがないなら優しくするなって」

　目に涙を浮かべながら、とみーはそう言った。

「その時もね、僕本当は気がついてたの、その子が僕のことよく思ってくれてるってことは。でも、話してて楽しいし、それに気がついたからって関係をなくすことができなくて、普通に仲良くしてたの、普通にっていうか、うん、その子が僕のこと好きって気持ちにどこかで甘えていて、会いたい時とか話聞いて欲しい時とか必要以上に会いに行ったりしてしまって、で、その子とそういうことがあってから、僕女の子のお友達全然できなくって鈴ちゃんが久々だったの、なんでも話せる女の子。だからすごく大事で、いつもそばにいて欲しくて、すごく僕にとって必要だったのね。でも必要って思って大事にすればするだけ、鈴ちゃんのこと悲しくさせてしまってた。鈴ちゃんには同じことしないようにって思ってたのに……」

　それを今わたしは言われて…どうしたらいいの……？　しかもそういうことしたことあるなら思わせぶりなことしないでよ……チョコ渡して、恋愛映画見て、暗い部屋でくっつかれたりしたらさ……思い出したくないのにあの日のこと……。

「じゃあチョコくれたりしなきゃいいじゃん」

「うん、そうだよね、そういうところだよね」

そうだよ……。

「ごめん…でもね、大事な人っていうのはわかって欲しいんだ、さっき話したようなことがあってから、大事な友達を失うのが怖くて、だから僕なりに鈴ちゃんを大事にしていたつもりだったんだ」

「わかんないよ、大事にしたって付き合えないじゃん」

「まあ…そうなんだけど……でも僕だって辛いんだよ…わかってよ……」

結局自分が被害者じゃん。とみーって。わたしだって気持ちぐちゃぐちゃなんだもん……。

美和

タクシーを降りてアパートの階段を上がり家のドアを開けると、誰もいないはずの部屋にたいちゃんがいた。あれ？　バイトは？　もしかして、心配して待っててくれたの？　嬉しさで玄関で泣いてしまいそうだったが、ちゃんと泣かないで心配をかけないようにたいちゃんに検査の結果話さなくちゃと思っていつも通りを心がけた。

「あれ？　たいちゃんいたの？」

「おう心配やったから待っとったわ、お帰りお帰り」

「ありがとう、ただいま」

たいちゃんはいつもよりなんとなく落ち着きがなかった。

「お前、ほら、手洗え」

「うん、洗う洗う」

たいちゃんに言われた通り、まずトイレに行って手を洗った。その間もたいちゃんはあたしに向かって喋り続けていた。

「大丈夫だった？　電車とか咳してるやついなかった？」

「うん、マスク二重にしてたし。たいちゃんくれたこのマスク上にしてたから」

「それ、ドンキで２０００円もしたかんね」

「２０００円のマスクしとけば大丈夫だね」

ありがとうたいちゃん、心配してくれて。この人といたらあたしは大丈夫。そう思いながらタオルで手を拭き、たいちゃんの待つベッドへと向かった。あたしがベッドに腰掛けた瞬間、たいちゃんは喋り出した。

「おうおう、で？　どうだった病院は」

「うん」

「ん？」

「あのね、落ち着いて聞いて欲しいんだけど、」

「うん」

「やっぱり調子おかしいから婦人科行ってきたのね、」

「うん、え、待って！」

たいちゃんが急にあたしに背を向けて立ち上がった。え？

「え？」

「しとった？」

「え？」

「妊娠」

たいちゃん、

「いや、あのね、」

「待って、心の準備」

たいちゃんってば、

「あ、いや、違うのたいちゃん、聞いて」

「おう」

うろうろと落ち着きのないたいちゃんをあたしは自分の隣に座らせた。

「あのね、妊娠はしてなくって、でもその代わりに違う病気が見つかってね、」

「え？　妊娠は？」

「してなかったよ、でもその代わりに」

「あああああよかったーー！！！！！」

たいちゃんは再び立ち上がって、手を高く上に挙げ、信じられない大きな声でそう言った。そして枕を抱えてうずくまりながら今度はベッドに丸まって「神様ーーーー!!」と叫んだ。

「え？」

「いや、妊娠してないんやろ!?」

「うん……」

「あー焦ったー俺めっちゃ親に言うこととか考えてたわー!!!　ビビりすぎ俺!!」

たいちゃんは思いっきりあたしに笑いかけてきた。ごめんたいちゃん、出会ってから初めて、笑えない。帰り道、ずっとずっと堪えてきた涙が溢れ出た。

「え、ちょっと何？　どしたん？　美和ちゃーん？」

たいちゃんは俯いて泣いているわたしの顔を覗き込んでそう言った。あたしは震える声を振り絞った。こんな言いづらく……させないでよ……。

「妊娠はしてなかったけど……軽い子宮ガンが見つかったの……」

「へ？」

気の抜けたような音を口から出して、絵に描いたようなアホ面だった。

「別に今すぐどうなるもんじゃないみたいなんだけど、しばらくは病院通って経過を見て、なんともなくなることもあるくらいのレベルの物みたいなんだけど……」

「え、ちょっとどしたん？　泣いて」

そう言ってたいちゃんはあたしの肩を抱いてきた。どうしたって……わかるでしょ……。

「だって……なんともないレベルとは言われたけど、それでもすごく聞いた時ショックで、早くたいちゃんに大丈夫だよって言って欲しくて帰ってきたのに、妊娠してないってことばっかり安心してるんだもん……」

「そんなことないって、大丈夫やで、俺いるから」

そう言ってさらに強くあたしを抱き抱えた。遅いよ……

「遅いんだよ……」

「ごめんごめん」

「怖かったんだよ……今日病院行くのだって……具合も悪いし、今の時期なるべく病院なんか行きたくないし、周りで咳してる人いるだけで不安になってさ、」

「おう、わかるわかる」

なんもわかってないじゃん！

「それで小さいガンって言われてさ……怖かったんだから、今日帰って来るまでだって、ちょっとは気持ち考えてよ……しかも妊娠してなかったってなんであんなに喜べるの？　本当にできてたら堕ろせって言ったってこと？」

こんなに強い口調、たいちゃんの前で初めて出した。でも、さっきのあの喜んだたいちゃんを見た瞬間、あたしが思い描いていた幸せは崩れてしまっていた。この人で大丈夫？　思いやりがなさすぎない？

「いや、ごめん……ちょっとテンパってて……」

……。

「いや、ごめん……ちょっとテンパってて……」

もう聞いたよそれ……。

「いや、俺まだ25だからまだ結婚とか考えられなくって……ちょっとテンパってて……」

うるさい……。

「ごめんって美和…あの…ごめん…テンパっちゃって」

もうテンパってたのわかったよ！！！！　ちょっと黙ってて欲しい!!　頼りにしてたのに!!　二人でいるのに一人でいるよりもずっとずっと今あたし一人ぼっちだよ!!

七瀬

トイレから戻ってきた慎太郎に「番号入れた？」と聞かれ、「うん」とサイドテーブルに置いたケータイを指差した。番号を聞いてくれるっていうことは、慎太郎もわたしと同じ気持ちなのかなとこの時わたしは浮かれていた。なら「好き」って言って欲しいなー、とも思ったけど、そんなことわざわざ口にするタイプじゃなさそうだし、自分から番号を聞いてきてくれるだけでも十分嬉しいからいいかと、わたしはタブレットで慎太郎の情報を見ながら思っていた。

「タブレットいじくりながら話すんじゃねーよ」

と慎太郎に言われたので、「すごいねーあんたこんなに映画とかドラマ出てんの？」と答えた。慎太郎は調べるなと言ったけど、慎太郎がわたしの番号を知りたいと思ったように、わたしだって好きな人のこと知りたいよ。それで褒めたいよ、その仕事を。誰よりもそばにいて、褒めたいよ。だって慎太郎は褒めて欲しいからここに来ているんでしょ？　なら全力でその気持ちに応えたい。

「調べるなって言ったよね？」

「え？」

「調べるなって言っただろーが!!」

「何でよ？」

「嫌だからだよ!!」

「何で怒るのよー？　すごいじゃん」

だって「すごい」って言って欲しいんじゃないの？

「は？　お前馬鹿にしてんだろ？」

「え？」

「それ、全部エキストラで出たやつだから、最近の仕事全部そういうのだから、知ってて言ってんだろ？」

そんなことはわたしにはどうだってよかった。だって、どんなに隅っこにしか映っていなくても、慎太郎が真剣にやっていることだったから。それはわたしには大きく映る他の人たちよりもずっと特別に見えた。

「でもちゃんとあんた映ってたよ？」

「は？」

「映画、たまたまこないだ見に行ったらあんた映ってたよ、野球場のシーンで、観客役で」

「何お前見たの？」

「見たよ、すごいよかったよ、慎太郎が一番面白い役者だったよ」

「最悪なんだけど……」

「これでイカせる時心込めて言えるから」

「お前じゃあ俺がエキストラとかやってる役者ってわかっててやってたってこと？」

「でも役者は役者でしょ？　すごいじゃん」

「舐めてんだろ？　なあ！」

慎太郎がサイドテーブルを蹴り飛ばした。わたし、舐めてなんかいないのに……。

タブレットを買ってから全てがよくわかった。何故慎太郎がこんなにも卑屈になっているのかも、なんで風俗に来て自分が頑張った撮影の話をしたいかも。誰かに褒められたいからでしょ？　いろんなこと言われすぎて疲れちゃったんでしょ？　ならわたしに褒めさせて欲しかった。すべてを肯定する役割になりたかった。それが必要なんじゃないの？

真知子

「今日は寝よう？」と言ったまま、怜人くんはわたしに背を向けて一人でベッドの中で眠り始めた。どうしてこんな話の途中で眠れるのだろう？

「ねえ、まだ話終わってないんだけど」

と何度も怜人くんの背中を揺すって起こそうとしていると、本当に嫌なトーンの声で「何？　もう別に良くない？　元カノにお金振り込んでもらってても」と開き直り出した。

「え？」

「だって、俺真知子に迷惑かけてないよね？　お金借りてないでしょ？」

どういう理屈なの？　ますます怜人くんの思考回路がわからなくなった。それに、お金は貸していないものの、生活費はわたしが出しているじゃん。

「でも家賃とかは全部わたし出してるじゃん」

「それはここはもともと真知子が一人で住んでたんでしょ？　だったら別に俺が住んだって家賃変わらないじゃん」

「家賃はそうだけど、光熱費とかは増えてるし、ってか二人で住むには狭すぎるから引っ越そうかって話してたじゃん？」

「で？」

なんでそんなわたしが間違っているみたいな態度でいられるの？　え？　わたしが間違っているの？　この人と喋っていると絶対に正しいことを言っているはずの自分がたまに信じられなくなってしまいそうだった。

「で、物件選び始めたけど、わたしの収入だけで決めていいものじゃないし、でも怜人くん聞いても収入とか教えてくれないしさ」

「いや、別に引っ越したら俺だって家賃払うし」

「でも本当に払えるかどうかわからないから不安だよ」

そう、わたし不安なんだよ。いつだって怜人くんはそうやって言うけど、今の怜人くんを見る限りそれが本当にできる人には見えないし、しかも元カノにお金を振り込んでもらっている問題はどうしたって飲み込めない。どうやって説明したらそれが彼に伝わるのか、メガネを外して目を押さえていると、

「てかそもそも真知子が一人でなんか辛そうで心配だったから俺ここに住んだのにさ」

と言われた。ダメだ、ちょっとでもわたしが怯《ひる》んで黙ると、さらに理解できないことばかり、「真知子のためだ、俺は優しさでこうしている」という方向に話が進んでしまう。

「だってそうでしょ？　Ｔｗｉｔｔｅｒで変なことばっかり夜中にツイートしてさ、心配させるようなことばっかりツイートしてたんじゃんね？」

「でも自宅を解約して欲しいとまで……一緒に住んで欲しいとまでは頼んでないよ？」

「なんで俺が勝手に転がり込んだみたいな言い方してくんの？」

だってそうじゃん……。

「しかも勝手に通帳見てさ、いちいち詮索されて、俺すげー嫌な気持ちなんだけど。細けーよお前」

黙ったわたしを怜人くんは責め始めた。わたしを睨むその顔を見て、人生で一番の怒りが込み上げてきた。

「え…細かいの怜人くんじゃん。ゴミ捨て行くだけでブラジャーしろとか、夜遅くなるなとか」

「それは彼女だからでしょ？」

怜人くんは本当に自分の方が正しいと思っているの？

「ならわたしだって彼氏に他の女の子がお金振り込んでるの見逃せないよ」

「何が言いたいの？　マジでわかんないんだけど。どうしたらいいわけ俺は」

本当にわからないの？　そんなわけない。

「え、だってさ、今まで買ってくれたもの全部元カノから貰ってたお金で買ってたってことでしょ？」

「誰から貰ってても俺が真知子に買ったことには変わりないでしょ？」

「変わりあるし。それに彼氏に生活費くれてる人がいるなんて嫌だよ」

「だって、俺は急に家を追い出されたんだよ？」

「え？」

「だからあっちも罪悪感で振り込んでんだよ」

「だとしてもこんな大金受け取れなくない？」

そうでしょ？

「こんな大金何もしないで受け取ってるなんて信じられないんだけど……働きたくないだけじゃん……」

そんな人と一緒にいるのわたし不安だよ。

「それともまだ会ったりしてるの？」

「してないよ」

「じゃあ本当にもらってるだけじゃん」

また黙り込んだまま、怜人くんは一ミリも動かなかった。

鈴

ずっとソファで黙っているわたしに、「鈴ちゃん、じゃあ僕もう行くね」と、清々《すがすが》しい声でとみーが言ってきた。

「え、待って、本当に出ていくの？」

「だってもう一緒にいられないでしょこれは」

なんでこうなっちゃうんだよ……。

「ほらー、笑ってよー楽しいことだってあったじゃない？　僕は鈴ちゃんと出会わなければ良かったなんて思ってないよ？　すごい楽しかったし、鈴ちゃんは？」

笑えるわけがなくない？　こんなのさ。とみーにあやされて、説得されているのも嫌だった、でもそれでも目の前からいなくならないで欲しいとまだ思っている自分も本当に嫌だった。

「わかんない……」

「わからないかー……鈴ちゃんもそう思ってくれると嬉しいなあ」

「わかんないいや、今わたしは」

今、というかそんな風に思える日が来るのかわからないよ。

「えーそんなこと言わないでさ？　今はお互いちょっと気まずいことになってるけど、また時間が経てば仲良く戻れる日が来るかもじゃない？　ほら、握手で笑顔でお別れしようよ？　ほらー、お茶とか行こうよ？　ね？」

本気でそんなこと思ってんの？　握手で笑顔でお別れしよう？　は？　なんでそんなとみーはさっきから清々しい感じなの？　なんでそんなに芝居がかってんの？

「鈴ちゃん！　ほーら！　またおうちにも呼んでよ？　僕好きだったなあこのおう

ち」

「自分にとってはいい時間だったみたいにしないでよ」

「え？」

「わたしは全然無理だから今」

とみーの顔色が変わった。

「そんなこと言うけどさ、僕だって色々考えてたんだよ!?」

何を？

「将来のこととか考えてんの!!　ずっとこのままじゃ結婚もできないし、僕普通に子供欲しいからさ、僕、そのうちずっと一緒にいたいって思える女性と結婚したいって思ってんの!!　僕は!!　ゲイだけど!!　それが鈴ちゃんかもって思って一緒にいたのに、なのに鈴ちゃんが好きとか言うから俺のプラン全部崩れちゃったじゃん!!」

好きとか言うから……？　僕のプランが崩れた……？　すべて自分の思い通りになるのが人生だと思っている人なの？　この人は、自分以外の人間には感情がないと思っているの？

「ねえ、わたしのせいなの!?」

「だって僕は時間をかけて考えていたのに!!」

それをわたしが崩したって言うの？　だから僕は楽しい大好きなおうちから出ていかなくちゃいけなくて、可哀想な目にあっているとでも言いたいの？　慎太郎に怒鳴ったあの日の自分と同じ自分が出てきた。

「ねえとみー、それは勝手すぎない!?」

七瀬

サイドテーブルを蹴飛ばした慎太郎の勢いは止まらなかった。何かに八つ当たりしたいならわたしにしていいよ、とさえ思った。

「子役時代が全盛って言われて、エキストラやってるのとかもネットで散々書かれて、馬鹿にされてんだよ！　全部知っててやってんだろ！」

「知らないよ、ネットなんか」

「もう最悪だよ、風俗嬢にまで馬鹿にされて」

どんなに八つ当たりされても怒られてもよかったが、わたしが慎太郎を馬鹿にしていないことだけはわかって欲しかった。

「馬鹿にしてないよ」

「いつでもヘラヘラしてればいいんだよ風俗嬢なんだから‼　馬鹿でいいんだよ‼」

「落ち着いてよ」

「何で上から目線なんだよ！」

「上からじゃないよ、ごめんわたし本当に馬鹿だから、普通に気持ちよくなって欲しくて、気持ち込めて言いたくてだから今やってる映画片っ端から見て探したんだよ？　それでただ、あんたが映画出てるのがうれしくって。でも本当によかったんだよ、ネットなんか適当な事書く人ばっかりでしょ？　そんな評価より目の前のわたしの評価を信じてよ」

「俺の何がわかるんだよ……」

「誰かに評価されたいんでしょう慎太郎は。ならわたしがするよ、本当にわたし馬鹿だから、なんでもすごいって思っちゃうから」

「何で風俗嬢しか評価してくれないんだよ……」

「だからつまんないプライドなんか捨ててよ、だって風俗ってほら、プライドとか捨ててくるところでしょ、そういうのも全部受け入れるのが仕事だから」

「もっと、俺はちゃんとした評価が欲しいんだよ、安心できる、評価が！　風俗嬢なんかに評価されても無意味なんだよ！」

無意味か……。わたしの評価は慎太郎を安心させることはできないのか。ならわたしって何で必要なの？　やっぱりお金を払ってセックスする相手にしかすぎないのか……。

美和

泣いているあたしを部屋に置いて、たいちゃんはバイクのヘルメットを持って、外へ行こうとしていた。

「え、どこ行くの？」

「ちょっと散歩散歩」

「行かないでよ、一人にしないでよ」

「だって俺ここいてもまたなんか言っちゃいけないこと言っちゃいそうやし」

いいからいてよ……怖いの減らしてよ、いつもみたいに明るくしてよ……。

わかんないことだらけで不安だよ……怖いんだよ……。

「俺ちょっと怖くなっちゃって……」

現実一緒に受け止めてよ……逃げないでよ……。

鈴

初めて強く言い返したわたしに、さらにとみーは自分勝手をぶつけてきた。

「あのさ、他にも僕のいけないところがあるならこの際言って欲しいな」

「え？」

「鈴ちゃんとはこうなっちゃったけどもう同じこと他の人にしないようにしたいから教えてくれないかな？」

「何それ……」

「直したいんだ、これ以上人に嫌われたくないから。僕もすごく苦しいの」

「わたしでできなかったこと他の人でなんとかして自分の罪悪感減らさないでよ」

「え……」

わたしとうまくいかなかったこと他の誰かとうまくやってるなんて想像したくもないよ……人の気持ちになってものを考えられないの？

真知子

　怜人くんから今まで買ってもらっていたお菓子とか、変なキーホルダーとか全部目の前から消し去りたくなって、わたしはゴミ箱にそれらを投げ入れていた。他の女の子からもらったお金でこんなもの買っていたなんて思ったら気持ちが悪くて仕方がない。ものを捨てているわたしを怜人くんは後ろから抱きしめてきた。あんなに普段なくっついただけで興奮していたわたしの体が何も感じなかったし、それどころか気持ちが悪くて触らないで欲しかった。こうすれば落ち着くと思われていることだって腹が立った。どこまで舐められているんだ。わたしは思い切り怜人くんを振り払った。

「待って待って、ごめんって落ち着いて？」

「放して！　食べたお弁当も全部吐く!!」

「ごめんって落ち着いて！　聞いて？」

「放して!!　ねえ!!　だってわたし今お金困ってないし!!　生活困ってないし!!　一人で生活していけるくらい一人で稼げてるし!!　それなのに毎回ジュース買ったくらいで買ってあげたって恩着せがましく言われてさ、しかもそれが知らない女の子のお金だなんて耐えられないんだけど!!」

「そんな言い方しないでよ」

「だっておかしいじゃん!!　なんでわかんないの!?」

「だってね？　俺付き合うといろんなことが気になるの、束縛したいの。でも養ってないのに口出せないし、」

「養ってって元カノにもらったお金でジュース買ってるだけじゃん……」

「ごめん、でも俺前の彼女に養ってもいないのに口出しするなって言われ続けてたから、ちょっとトラウマっていうか、だから、お弁当買ったり、ジュース買ったり、俺もちゃんとお金出して、養ってれば口出ししてもいいでしょ？」

ジュースやお弁当買っただけで養うとかよく言えるなと叫びたかったが、そんなことを言ってもこの話が続くだけだ。もっとちゃんと説明しなくちゃ。

「違うよ!!　養うっていうのは、一生懸命働いたお金で誰かに何かをしてあげることでしょ？　怜人くんのは違うよ？　元カノにもらったお金でわたしに何かしたって、それは何にもならないんだよ……どうしてわからないの？」

「……」

「ねえ、言ってることおかしいって自分でわかんないの??」

怜人くんは下を向いて泣き出した。なんて弱いんだろう。泣きたいのはこっちなのに。

七瀬

慎太郎はしゃがみ込んで頭を抱えていた。

「ねえ、じゃあなんで毎回聞くの？　わたしに」

「え？」

「風俗嬢なんかの評価がいらないなら何で毎回『俺が一番面白い？』ってわたしに聞くの？」

「……」

「それって誰でもいいから評価して欲しかったんじゃないの？　ならわたしがするよ、わたし本当に馬鹿だからなんでもすごいって思っちゃうから」

「なんで風俗嬢しか評価してくれないんだよ……」

真知子

「僕はどうしたらいいのかな…？」

　ようやく怜人くんが口を開いた頃、わたしはもう呆れていた。

「暇だから、何もしてないからそうなっちゃうんじゃないの？」

「え？」

「彼女以外に没頭するものがないから、毎日配信以外時間持て余してるから、だから束縛したくなるし、そんなんなるんじゃない？」

「え？」

「普通の人は、普通に働いて、毎日生きることにもっと必死だから、だからそんな誰かを必要以上に自分のものにしたいなんて思わないんじゃないかな？」

「……」

「だけど怜人くん暇だから、だからわたしのことしか考えることがなくて、だからめんどくさくなるんじゃないのかな？　やることたくさんあれば、毎日生きて生活していくのってもっと楽じゃないことだから、一つのこと考えてるだけじゃ生きていけないものだよ」

鈴

「女の子のこと好きじゃないのかもしれないけど、とみーの大事にするは間違ってるよ。自分勝手すぎるの直さないと誰ともうまくいかないよ？　あんたの思いやり全部口だけなんだよ!!」

「だってさ！　僕全然うまくいかないんだもん！　恋愛も、女でも男でもないから、いつもうまくいかないし、みんなから気持ち悪がられて、ちょっとくらいわがままになってもいいじゃん！　僕ばっかり幸せになれないじゃん！」

七瀬

「セックスしてる時以外もその変なプライド捨てればいいじゃん」

「そんな簡単に捨てられるようならもうとっくに捨ててるよ……」

「わたしの前では別にプライドいらないのに」

「だから お前に俺の何がわかんだよ」

真知子

「泣いてないでなんか言ってよ」
「ごめんなさい……」
「謝って欲しいんじゃないの、伝わった実感が欲しいよわたしは」
「どういう意味？」

美和

「自分のことより、たまにはあたしのこと心配してよ……」

鈴

「ねえ、そんなのとみーだけじゃないよ、オカマ理由になんでも人のせいにして卑屈に生きてるだけじゃん」
「ごめん……自分ではそんなつもりないんだよ」

七瀬

「根性ないだけだよ、昔のことにいつまでもすがってるだけだよ」
「風俗嬢みたいな根性……俺ないから……」

真知子

「そんな弱いなら一緒にいてあげるとか言わないでよ」
「ごめんなさい……」

美和

「たいちゃん！」

「ごめん、やっぱし怖くって、俺テンパってて……」

鈴

「何でもきれいごとにして傷つかないようにしてるだけじゃん」

「ごめん……」

真知子

「わたしだって弱いんだよ」

「ごめん……」

七瀬

「そんな卑屈な人、もう旦那以外に見たくないから」

「ごめん……」

美和

「自分のことばっかりならいなくなってくれていいよ」

「ごめん……」

七瀬

情けない背中で慎太郎が言った。

「旦那がいるって聞いた時すげーショックなくらい好きだったよ」

鈴

今、世界で一番可哀想なのは僕、というオーラを纏《まと》ったとみーが言った。

「今思えば、鈴ちゃんに彼氏ができなければいいと思ってた」

美和

テンパっているままのたいちゃんが言った。

「グリルズ、捨てないでね」

真知子

弱々しい声で怜人くんが言った。

「すごく大好きだったよ」

またしても、心の限界が来た……。もうダメだ。終わりだ。

「泣いてないで早く出てってよ！！！！！！！！！！！！！」

どうしていつもこうなってしまうのだろう。相手の自分勝手さに耐えられなくて、自分勝手なところくらいわたしにだってあるのに、怒りの臨界点を超えると広い心が持てなくなってしまう。「これだけ我慢したんだからいいことがあるはず」と相手に過度な期待をしてしまっていたのかもしれない。もっと、初めから話をして、わかり合って、そういう努力をしたらよかったの？　でも、これがわたしだ。人を好きになるのって死ぬほど邪魔な感情だ。寂しいけれど、そんなわたしたちは誰かと一緒にいる権利などないのかもしれない。誰かに頼ったり、背中をさすってもらうことなど求めず、一人で、強く、生きていくんだ。

鈴

とみーとのすべての時間を記憶から消し去り、明日からまた一人で強く生きていくため、キッチンの引き出しに大切にしまっていたあのチョコレートを箱ごとゴミ箱に捨て、お米を研ぎ、わたしは2時間ドラマの台本を開いた。

七瀬

ベッドに投げられたタブレットを手に取り、慎太郎の情報が載っているページを閉じた。写真のフォルダーを開き息子の写真を見て、「大丈夫、今までだって一人でやってこられた。これからも強い母でいるんだ」そう自分に言い聞かせた。息子の写真を見れば、いつだってわたしは一人で前を向けた。家から持ってきたふりかけのおにぎりをかじった。

美和

「捨てないでね」と言われた2万5千円のグリルズを窓の外に投げた。こんなもの、取っておいたら思い出して辛くなるだけだ。友達とカラオケに行って、たくさん泣けば大丈夫。ネイル検定の本を開き、サトウのごはんをレンジに入れた。

真知子

冷蔵庫を開けてもらったリンゴジュースの残りを流しに全て流し捨てた。やっぱりわたしは一人で働いて、一人で生活するのが向いているのだ。ブラジャーをしないまま上着を羽織りスーパーに出かけて、5キロのお米を持ち上げた。大丈夫、一人で持ち上げられる。これでいいんだ。わたしは一人で生きていける。

「お米の袋、二重にしますか？」

という店員さんの言葉に、

「お願いします」

と返した。袋を二重にさえすれば、人の手を借りず、生きられる。

「もっと超越した所へ。」完

え？　終わり？

終わりなの!?

ちょっと待って、ちょっと待って！

おい、作者!!　こんなところで終わらせないでよ!!　まだページあるじゃん!!

ページの紙も黒くなってるし終わりのムードを出さないで！　読んでいるそこのあんたもまだページをめくって!!　こんなところで終わりにされて残りのページで別の短編なんか書かれたら登場人物として納得がいかない！

だよね？　わたしも納得がいきません！

だってこれじゃあ冒頭のわたしたちと何にも変わってないよ？

ほんとだよ！　むしろひどくなっちゃってる！

これ絶対明日になったら後悔するやつだよ！

引き止めればよかったって後悔する日が来るよね？

来る、明日すぐ後悔する自信があるに１票!!

ねえ、待って？　これ、このまま喋っってても誰が誰だかわからなくない？

確かに……。

作者!!　台詞の前に名前書いて!!

鈴「そうだよ!!　ドラマの台本みたいに書いて！」
美和「わ！　見てください!!　名前つきました!!」
真知子「言ってみるもんですね」
七瀬「大抵のことって声を大にして言えば実現できるよね」
鈴「筋書通りの人生なんて嫌だ！」
真知子「わたしたちにだって意思がありますよね！」
七瀬「当たり前だ！　それにあんなところで終わったら何の希望もない！」
美和「この物語の中の自分の相手が最高の相手だとは言えないけど、」
七瀬「でもどっかで妥協しないと、少しくらいの嫌なところなんて誰といたってあるし、これ以上に自分のこと好きって思ってくれる人と出会えるかもわかんないし、」

鈴　「そもそもお互い好き同士ではあったわけだし、」

真知子「嫌いなところだってあるけど好きなところだってあるし、」

美和「好きって思える人と一緒にいられるだけで幸せなことだよね!?」

鈴　「このまま一緒にいても同じことの繰り返しってわかってるけど、」

七瀬「でもこれで終わりにしたら今までと同じでしょ?」

真知子「弱っちいのは頭にくるけど、」

鈴　「でも冷静に考えてみたら、」

美和「全部向こうばかりが悪かったわけじゃないよね?」

七瀬「わたし、向こうの気持ちがわかるまで子持ちなのなんとなく隠してたし、」

鈴　「わたし、最初っからオカマだから無理ってわかって好きになったし、」

真知子「わたし、なんとなくかわいいから家に呼んじゃったし、」

美和「あたし、元彼にいまだに生活費あげてるし、」

七瀬・鈴・真知子「あんたのが一番ひどいわ」

美和「やっぱりそうだよね!?　どうしよう!」

七瀬「謝れ!」

美和「え⁉」
鈴「うん、謝れ！」
七瀬「今全力で謝ればなんとかなるかも、気持ち的に」
美和「まじ？」
真知子「まじ。」
美和「……元彼にいつまでも生活費振り込んでてすみませんでした。うわ、なんか今まで抱えてた感情が誰かに言ったことによってすっきりした！」
鈴「え、なにそれ、いいな！」
七瀬「相手がわたしを好きになるまで子持ちなのないしょにしててすみませんでした‼　わ、これほんとにすっきりするわ！」
鈴「え！　わたしもオカマってわかってるのに好きになってすみませんでした！　わ、本当だ‼」
真知子「最初はかわいければ誰でもよくて家に呼んですみませんでした‼　あ、ほんとですね！」
鈴「なんか今なら正直にいろいろ言ってうまくいきそうな気がする‼」
美和「一人になるより一度好きになった人と一緒にいた方がいい」

七瀬「でもここで嫌なことを飲み込んだ理由が欲しい、なるべくくだらない理由が！」
真知子「地震とか、なんかあった時に一人だと不安だし、お米とか買った時に持ってくれる人いないと困るとか！」
鈴「あ、それでかいわ、お米は持ってもらいたい」
七瀬「でかい、お米はでかい、重たいもん」
美和「確かに、お米はそうだね」
真知子「お米持ってくれる人がいないと困るから別れなかった、って思って付き合えば、」
鈴「もしこの先また同じような何かがあっても」
七瀬「『この人、お米持ってくれるから一緒にいるだけ』って思えば多くは期待しないから」
美和「大丈夫な気がするよね!?」
鈴「それでいいよね!?」
美和「間違ってるかもしれないけどこれで終わりよりは後悔しないはず」
真知子「こんな一瞬の間に決められるような選択じゃないから」

七瀬「なるべくドラマチックに」
美和「相手のプライドを傷つけないように」
鈴「あなたが必要って伝えれば、もう一度やり直せるはず！」
真知子「いつだってわたしが何か飲み込めば！　多くを望まなければ、」
鈴「小さい幸せを幸せって思えるようにすれば、」
美和「どんなこともうまくいくはず!!」
七瀬「それに男だって女が必要なはず!!　やりなおーし！」
鈴「え、でもどうやってやり直すの？　ページ戻すってことですよね!?」
真知子「４人でありえないくらい強い力で前を向いて最高のラストシーンを思い浮かべれば！」
美和「もう一度別れ際からやり直せるかもしれない!!　今も小説としてかなりありえないことになってますから!!」
七瀬「こんなバカなわたし達が想像つくようなことは根性出せばなんだってできるはず!!」
鈴「全員２５４ページの別れ際のシーンからもう一回やり直すよ!!　気合い入れて黒くなったページを白紙に戻せ！！！！！」

七瀬「白くなったページで最っ高のラストシーンを叫べ!!」
真知子「行きましょう!!!」
鈴　「んあああああああああああ…!!」
美和「んあああああああああああ…!!」
七瀬「んあああああああああああ…!!」
真知子「んあああああああああああ…!!」

――登場人物の根性で、ページの色、白に戻し中――

真知子「やれてます‼　これ‼　ページが白に戻ってきてます‼」

美和　「もう一回254ページの台詞からやり直せそうです!!」

七瀬「所詮、この世はめちゃくちゃな事だらけだ!!」

鈴「なら、自分の人生を肯定できる物語を、自分の力で手に入れたい!!」

真っ白になったページに、わたしたちは手に入れたい幸せを描いた。

七瀬

情けない背中で慎太郎が言った。

「旦那がいるって聞いた時すげーショックなくらい好きだったよ」

「それ早く言ってよ!!!」

わたしは思いきり慎太郎を抱きしめた。

慎太郎は驚いて鞄を床に落とした。

鈴

今、世界で一番可哀想なのは僕、というオーラを纏ったとみーが言った。

「今思えば、鈴ちゃんに彼氏ができなければいいと思ってた」

「そんなこと思ってくれてるだけで充分だよ!!!」

わたしはとみーを思い切り抱きしめた。

とみーは女の子のように肩を震わせた。

美和

テンパっているままのたいちゃんが言った。

「グリルズ、捨てないでね」

「捨てれないに決まってんじゃん!!!」

あたしはたいちゃんを思い切り抱きしめた。

たいちゃんはまたテンパっていた。

真知子

弱々しい声で怜人くんが言った。

「すごく大好きだったよ」

「一度出ていけって言われたくらいでいなくならないでよ!!!」

わたしは怜人くんを思いっきり抱きしめた。

彼はまだまだ泣いていた。

「いなくならないでよ！！！！！」

とわたしたち4人は心を合わせ、そう叫んだ。

慎太郎と七瀬

こんなに情けない俺を、七瀬ちゃんが抱きしめてくれた。
「俺が一番面白いって言ってくれるの、七瀬ちゃんしかいないんだ……」
「任せて。慎太郎が、一番面白い役者ーーー!!」
見栄もプライドも全て捨てて、この人の前ではありのままの自分でいられると思えた。

泰造と美和

テンパりまくる俺を、美和は抱きしめてくれている。

「またテンパってるわ…俺……」

「いいよ、テンパってて。そういうたいちゃんが好きだから！」

小者な俺を、こんなにも愛してくれるのは美和しかいない。絶対にもう悲しませないと神様に誓った。

怜人と真知子

こんな自分勝手で弱いわがままな僕を真知子は追い出さないでくれた。

「時間はかかるかもしれないけど、強くなるように、真知子のために頑張ってみるから」

「強くなって、いつでもそばにいてね」

どんなに時間がかかっても、どんなに怒られても、ちゃんと叱ってくれる女の子のそばにいようと思った。いつかしっかり強くなって本当の意味で支えたい。

富と鈴

鈴ちゃんに抱きしめられた僕は、鈴ちゃんのその愛情に包まれていた。

「鈴ちゃん」

「ん？」

「女の子って柔らかいんだね」

「そうだよ！　ちゃんと抱きしめてよね」

感触の話ではない。柔らかい心に包まれている気分だった。こんな風に、僕を受け入れる努力をしてくれた鈴ちゃんをしっかりと抱きしめて、その努力を無駄にしない僕になりたいと思った。


二度と離れないように抱き合うわたしたちを祝福するように町中が踊り出したように感じた。もちろんこれは都合のいい妄想だ。本当の人生は物語とは違って、思い通りにはいかない。やり直すことなんてできない。だからこそ、何だって肯定する馬鹿馬鹿しい力で、今を生き抜く頭のおかしい妄想をするのだ。

そして、自分の人生と目の前の愛する人を全力で愛せ。

愛してる相手と一緒にいる時間は概《おおむ》ね、超、最高だ。

「もっと超越した所へ。」完

本書は、劇団月刊「根本宗子」第10号、舞台『もっと超越した所へ。』を原作とした映画『もっと超越した所へ。』（脚本　根本宗子）の小説版として著者が書下した作品です。

なお本作品はフィクションであり実在の個人・団体などとは一切関係がありません。

徳間文庫

もっと超越《ちょうえつ》した所《ところ》へ。

2022年9月15日 初刷

著者 根《ね》本《もと》宗《しゅう》子《こ》
発行者 小宮英行
発行所 株式会社徳間書店
東京都品川区上大崎三-一-一 〒141-8202
目黒セントラルスクエア
電話 編集〇三(五四〇三)四三四九
販売〇四九(二九三)五五二一
振替 〇〇一四〇-〇-四四三九二
印刷
製本 大日本印刷株式会社

ISBN978-4-19-894778-1 (乱丁、落丁本はお取りかえいたします)